MIX
Papier aus verantwortungsvollen Quellen
FSC® C018236

ISBN 978-3-7855-7907-7
1. Auflage 2014

Text: Lucy Fröhlich, Catharina Geiselhart
Autorin für cosnova/Texte Cosma: Astrid Yreau
Redaktion: Anna Tkotz
Redaktion cosnova: Denise Ballhausen, Vanessa Heinze
Satz und Innenlayout: Claudia Lorenz

Umschlaggestaltung: Barbara Heinlein
Printed in Poland

www.loewe-verlag.de
www.cosnova.com

Catharina Geiselhart

Mein STYLING-BUCH

mit Tipps von Cosma

Loewe

Inhaltsverzeichnis

Hi Beauties! 6

Basics 8

Bring dein Gesicht zum Strahlen! 10

Welcher Hauttyp bist du? ... 11
Richtige Gesichtspflege ... 12
Make-up ... 13
Schritt für Schritt – Make-up wie ein Profi ... 13
Rouge zaubert zarte Highlights ... 14
Perfekte Form ... 15

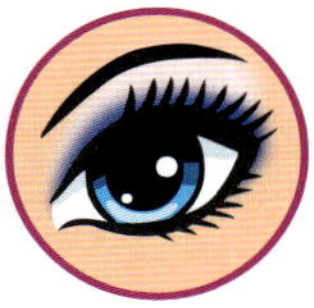

Augen auf! 16

Welche Farbe passt zu mir? ... 17
Betone deine Augenform! ... 18
Augenbrauen ... 19
Kajal ... 20
Eyeliner ... 20
Smokey Eyes ... 22
Wimpern richtig tuschen ... 24

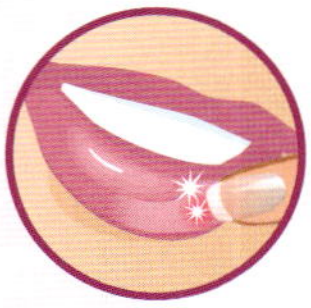

Lippenpflege 26

Lippenstift ... 26
Lippgloss ... 26
Perfekt geschminkte Lippen ... 27

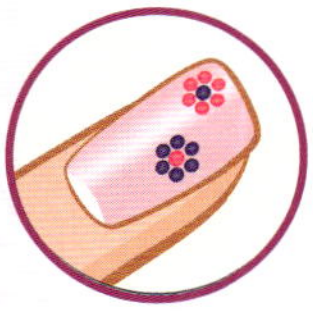

Alles für Hände und Nägel 28

Perfekte Maniküre ... 28
Nagellack auftragen ... 30
French Manicure ... 31

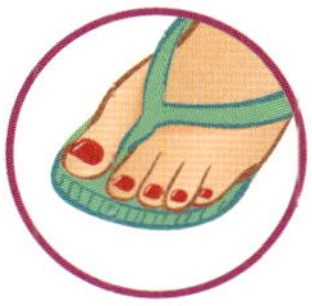

Zeig deine **Füße!** 32

Pediküre 32
Nagellack für die Füße 33

Haare 34

Die passende Pflege für jeden Haartyp 34
Stylingprodukte 36
Haarefärben 36
Welche Frisur zu welchem Gesicht? 38

Be yourself 42

Simply you! 44
Tipps & Tricks 45

Looks 48

Welche Farben stehen mir? 50
Style yourself – Basics für den Kleiderschrank 52
Welche Jeans passt zu welcher Figur? 53

Floral Grunge Look 54
Dating Look 60
Romantik Look 66
Summer Look 72
Boho Look 78
Party Look 84
Denim Look 90
School Look 96
Wellness Look 104
Snow Look 110

SOS-Tipps 116

Hi Beauties!

Wahre Schönheit kommt von innen, natürlich. Aber gegen Pickel hilft leider kein Yoga und eine Party rockst du nun mal nicht mit Duftkerzen. Deswegen ist es gut, dein Inneres wie dein Äußeres zu kennen – und zu pflegen.

Für deine äußere Schönheit findest du in diesem Buch jede Menge tolle Tipps. Neben Hautpflege- und Schminkbasics gibt es außerdem konkrete Styling-Ideen mit Schritt-für-Schritt-Anleitungen zum Selbermachen. Da ist für jeden Typ etwas dabei!

Verändere dich, spiele mit Farben, Looks und Accessoires. Denn nur so findest du heraus, welcher Style am besten zu dir passt und womit **du dich wohl fühlst.**

Hab Spaß!
Probier dich aus!

Am besten startest du gemeinsam mit deiner **Freundin,** dann könnt ihr euch gleich gegenseitig unterstützen, korrigieren, beraten. Denn wer, wenn nicht sie, darf dir sagen, dass du beim Eyeliner ruhig noch ein bisschen üben solltest oder dass dein Glamour-Look für eine Mathearbeit nun wirklich etwas too much ist … Und bei manchen Produkten (Nagellack, Lidschatten, Wattepads) kann man sich die **Anschaffung auch teilen,** das ist taschengeldfreundlicher.

hi, ich bin Cosma!

ich bin die botschafterin der marke essence und vielleicht kennst du mich auch schon aus dem internet oder von den trend editionen. ich bin ständig unterwegs und bringe dir immer die neuesten trends aus den metropolen der welt mit. in diesem buch zeige ich dir meine besten styling-tipps für einen tollen look, coole do-it-yourself-designs und einfache, aber effektive pimp-your-style-ideen. ach ja, auch unter www.essence.eu gibt es immer wieder neue tipps rund um deine schönheit. und denk immer daran: das schönste accessoire ist dein lächeln!

Und jetzt ran an Pinsel, Töpfchen und Klamotten, lass deiner Fantasie und Kreativität freien Lauf, damit dann alle sagen:

WOW!
WOW!
WOW!

– weil du von innen und von außen strahlst …

Basics

You look beautiful today!

Bring dein Gesicht zum Strahlen!

Strahlend makellose Haut – davon träumt jedes Mädchen!

Damit es nicht beim Träumen bleibt, kannst du einiges für dich tun: Achte auf **gesunde Ernährung** mit viel Obst und Gemüse (für den Stoffwechsel und ein klares Hautbild), **Bewegung** an der frischen Luft (für bessere Durchblutung und rosige Wangen), ausreichend **Trinken** (am besten Wasser, damit sie straff und knackig bleibt) sowie ausreichend **Schlaf** (für entspannte und glatte Haut).

Am besten gönnst du dir eine zu deinem Hauttyp passende **Gesichtspflegeserie**, bestehend aus Waschlotion, Gesichtswasser und Creme. Der Kauf einer **Serie** hat den Vorteil, dass die Wirkstoffe der Produkte aufeinander abgestimmt sind. Lass dich **ausführlich beraten** und stöbere selbst nach guten Produkten.

Es lohnt sich, ein bisschen Zeit und Taschengeld zu investieren. Deine Haut wird es dir danken!

Welcher **Hauttyp** bist du?

Fettige Haut produziert zu viel Talg, der die Poren verstopft. Deswegen neigt sie zu Pickeln und Mitessern. Reinige dein Gesicht **morgens** und **abends**, um dein Hautbild zu verfeinern. Pickel betupfst du am besten mit einer **Anti-Pickelcreme**, bei Akne solltest du aber zum Hautarzt gehen.

Mischhaut erkennst du an der fettigen T-Zone (Stirn, Nase, Kinn) und eher trockener Haut an den Wangenpartien. Verwende zur Reinigung **milde** Produkte und achte darauf, die T-Zone nicht zu überfetten. **Wöchentliches Peeling** in diesem Bereich sorgt für ein klares Hautbild.

Trockener Haut fehlt meistens Feuchtigkeit und Fett, deshalb spannt und schuppt sie auch leicht, vor allem nach dem Waschen. Pflege sie mit einer **reichhaltigen Creme** und verwende eine **milde Waschlotion** für dein Gesicht. Gönne deiner Haut einmal pro Woche eine **Feuchtigkeitsmaske**.

Empfindliche Haut reagiert sensibel auf Umwelteinflüsse wie Temperaturschwankungen oder falsche Pflege. Flecken oder Rötungen sind die Folge, manchmal juckt und spannt sie auch. Am besten pflegst du sie mit **parfümfreien Produkten** und verzichtest auf Experimente. Teste neue Cremes vorher immer in deiner Armbeuge auf ihre Verträglichkeit.

Richtige Gesichtspflege

Unabhängig davon, welcher Hauttyp du bist, pflegst du so dein Gesicht richtig:

- Reinige dein Gesicht morgens und abends gründlich.
- Wasche dein Gesicht nie mit Seife, sondern mit einer auf deinen Hauttyp abgestimmten Waschlotion.
- Verwende immer ein sauberes Handtuch.
- Reinige dein Gesicht nach dem Waschen mit dem passenden Gesichtswasser und creme es danach gut ein.
- Pickel bekommen einen Extratupfer Anti-Pickelcreme.
- Einmal pro Woche gönnst du dir ein Peeling, um abgestorbene Hautschüppchen abzutragen und dein Hautbild zu verfeinern.
- Wenn du möchtest, kannst du einmal pro Woche eine Maske auftragen. Feuchtigkeit für die trockene Haut, Pflege für die sensible Haut und Reinigung für die fettige Haut.
- Hände weg von Pickeln und Mitessern! Ausdrücken macht es nur noch schlimmer.

Cosmas tipp:
mit einem abdeckstift (concealer) lässt du hautunebenheiten und augenschatten perfekt verschwinden! setze dazu kleine punkte unter deine augen oder auf hautunebenheiten und „vertupfe" sie.

Make-up

Make-up gibt es flüssig, als Puder oder Creme: Mit einem deckenden Make-up sorgst du für einen ebenmäßigen Teint und lässt Hautunreinheiten komplett verschwinden. Natürlicher wirkt eine getönte Tagescreme, sie deckt nur ein bisschen ab und pflegt gleichzeitig deine Haut. Wichtig ist: Wähle dein Make-up passend zu **deinem Hauttyp** und vor allem passend zu **deiner Hautfarbe** (am besten vorher innen am Handgelenk testen).

Achtung: Weniger ist oft mehr!
Setze Make-up sparsam ein.

Schritt für Schritt – Make-up wie ein Profi

Wenn du schon Erfahrung im Auftragen von Make-up gesammelt hast, kannst du dich an unserer Profi-Anleitung ausprobieren. Hierfür brauchst du einen helleren und einen dunkleren Puder-Make-up-Ton und einen guten Pinsel:

- Setze zuerst mit dem hellen Ton **Highlights** zwischen die Augenbrauen, auf Nasenrücken, Kinn, Wangenknochen, unterhalb der Augenbrauen und oberhalb der Oberlippe. Verreibe und verstreiche die Übergänge gut.

- Dann setze mit dem dunklen Ton **Schattierungen** auf deiner Stirn unterhalb des Haaransatzes, der Schläfe, von der Braue über die Nasenseiten bis zu den Nasenflügeln und unterhalb der Wangenknochen.

- Jetzt gut einarbeiten und die **Übergänge verblenden**.

Rouge zaubert zarte Highlights

Rouge verleiht deinem Gesicht einen natürlichen Frische-Look, probier es mal aus! Cremerouge tupfst du mit den Fingern, Puderrouge trägst du mit einem weichen Pinsel auf. Grundsätzlich gilt: Creme zu Creme und Puder zu Puder, also muss deine Make-up-Grundierung entsprechend passen.

So geht's:

- **Cremerouge** wird mit den Fingern aufgetupft und verblendet.
- Beim **Puderrouge** den Pinsel vor dem Auftragen einmal aufpusten.
- Am natürlichsten wirkt Rouge, wenn du beim Auftragen lächelst: Setze es an die Stellen, die dabei am meisten hervortreten.
- Helle rosige Haut verträgt kühle Farben wie Rosa oder Pink.
- Dunkle goldene Haut eher warme Farben wie Braun oder Rot.
- **Rouge mit Schimmer** zum passenden Look kann abends zum ultimativen Hingucker werden.

Cosmas tipp:
vorsicht! hautunreinheiten können durch schimmerpuder noch mehr betont werden.

Perfekte Form

Ob rund, eckig oder oval – jedes Gesicht ist schön! Noch schöner wird es, wenn du deine besondere Gesichtsform mit Rouge harmonischer machst. Ob als Puder, auf Wasserbasis oder als Creme ist dir überlassen. Hauptsache, der Farbton passt zu dir und deinem Gesicht.

Eckiges Gesicht:

Eine breite Stirn, eckige Kiefer- und wenig ausgeprägte Wangenknochen machst du durch einen einfachen Trick weich: Denk dir ein **Oval** und schattiere alles andere aus.

Herzförmiges Gesicht:

Hier stehen die Wangenpartie und das Kinn im Vordergrund. Du schattierst den **seitlichen Haaransatz** sowie die **Wangenpartie** seitlich vom Kinn.

Rundes Gesicht:

Wirkt eher flächig und voll, da Konturen fehlen. Mit einem dezenten Rougeton, wie zum Beispiel einem Braun- oder Pfirsichton, setzt du **unterhalb der Wangenknochen** einen leichten Akzent, ebenso seitlich **am Kiefer und am Haaransatz**.

Ovales Gesicht:

Hier kannst du Farbakzente je nach Lust und Look setzen, auf alle Fälle aber dezent etwas Rouge am **Haaransatz** oberhalb der Schläfen auftragen, um die harmonische Gesichtsform zu unterstreichen.

Augen auf!

Deine Augen sind der Blickfang in deinem Gesicht. Bringe sie zum Strahlen, indem du sie sorgfältig schminkst und deine Augenfarbe unterstreichst. Ob mit Kajal, Eyeliner, Lidschatten oder einfach „nur" getuschten Wimpern ist dir überlassen und natürlich abhängig von deinem Styling. Probiere aus, was zu dir passt!

Lidschatten gibt es als **Creme**, **Puder** oder als **Stift**. Welches Produkt du wählst, ist Geschmackssache. Die einen tragen Cremelidschatten lieber unkompliziert mit dem Finger auf, andere wählen einen praktischen Stift oder die klassische Variante mit Applikator. Wichtig ist, dass du vorher das Augenlid **sorgfältig abpuderst**, dann hält dein Lidschatten besser.

Generell gilt: Trage den hellen Lidschatten bis zu den **Brauen** auf, den dunklen nur auf das bewegliche **Lid**, in die Lidfalte oder am äußeren Augenwinkel. Verblende die Übergänge sanft mit dem Finger oder einem Lidschattenpinsel. Mit weißem oder hellrosa Lidschatten setzt du sogenannte **„Highlights":**

Unterhalb der Augenbraue aufgetragen wirkt das Lid größer, auf der Lidmitte platziert, lässt es deine Augen noch mal so schön strahlen.

Welche Farbe passt zu mir?

Erlaubt ist, was gefällt, und je nach Styling und Anlass darfst du auch schon mal dick auftragen. Aber manchmal ist weniger auch mehr. Arbeite immer Ton in Ton für einen harmonischen Auftritt und verblende die Übergänge der Farben.

Augenfarbe blau, blaugrau

Rosa, Braun, Silber und Apricot.

Augenfarbe grün, hellbraun

Flieder, Rostrot, Grün oder Türkis.

Augenfarbe braun

Gold, Orange, Grün und Blau.

Betone deine Augenform!

So setzt du deine Augen richtig in Szene:

Schlupflider lässt du mit dunklem Lidschatten auf dem beweglichen Lid (fast) verschwinden.
Tusche deine Wimpern intensiv!

Bei **tiefliegenden Augen** setzt du mit hellem Lidschatten Highlights unter den Brauenbogen und auf das bewegliche Lid. Den äußeren Augenwinkel betonst du mit einer dunkleren Farbe. Weißer Kajal im inneren Augenlid lässt deine Augen noch größer wirken.

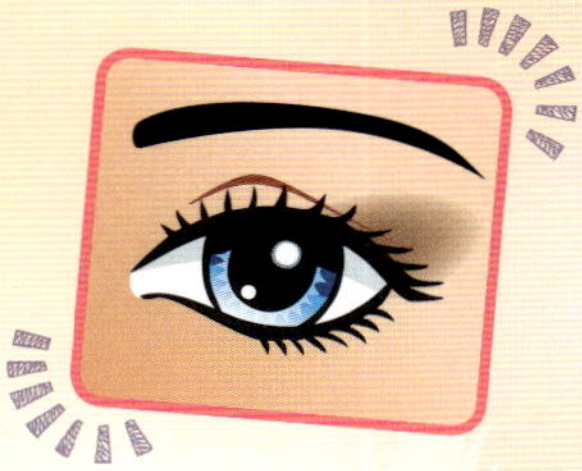

Eng zusammenstehende Augen rückst du optisch auseinander, indem du den inneren Augenwinkel mit einem hellen Lidschatten betonst, der äußere Augenwinkel wird dunkel betont. Mascara nur auf den äußeren Wimpern verstärkt den Effekt.

Runde Augen bringst du zum Strahlen, indem du dunklen Lidschatten auf das bewegliche Lid aufträgst und diesen seitlich über die Lidfalte hinaus schräg nach oben ziehst. Anschließend am oberen und unteren Lid eine Linie mit Eyeliner oder Kajal ziehen.

Augenbrauen

Augenbrauen geben deinem Gesicht seinen (deinen!) besonderen Ausdruck: Ob hochgezogen, zusammengekniffen oder entspannt, dein jeweiliger Gefühlsausdruck lässt sich leicht an ihnen ablesen.

So oder so sollten sie **sorgfältig gezupft** sein. Der Trick ist ganz einfach:

Lege einen Stift an deinem Nasenflügel und deinem inneren Augenwinkel an. Die Verlängerung zur Augenbraue ist der ideale Ansatzpunkt. Markiere ihn am besten mit einem Kajalstift.
Jetzt verschiebst du den Stift vom Nasenflügel hin über deine Pupille. Hier ist der höchste Punkt deiner Augenbraue, kennzeichne auch ihn. Verschiebe den Stift erneut bis zum äußeren Augenwinkel. Damit wird der Endpunkt deiner Augenbraue markiert.

Jetzt fehlt nur noch der **perfekte Bogen** und den zupfst du dir wie folgt:

- Zupfe mit der Pinzette immer in Wuchsrichtung. Wenn du die Haut am Oberlid mit den Fingern nach außen spannst, ziept es nicht so fies.
- Eiswürfel oder ein mildes Gesichtswasser kühlen empfindliche Haut und lassen Rötungen verschwinden.
- Generell gilt: Je schmaler das Gesicht, desto feinere Augenbrauen, je flächiger ein Gesicht, desto kräftiger dürfen die Brauen sein. Im Zweifelsfall lieber ein Härchen zu wenig als zu viel ausreißen …
- Kämme deine Augenbrauen sorgfältig und strichle sie ggf. mit einem Kajalstift nach. Sind sie zu wild, bändigst du sie z. B. mit einem Augenbrauen-Gel oder Haarspray, das du auf ein feines Kämmchen aufsprühst (bitte nicht direkt auf die Braue!).

Kajal

Kajal lässt sich prima auftragen, wenn er **gespitzt** und **weich** ist. Um ihn geschmeidiger zu machen, reibst du am besten die Spitze leicht über deinen Handrücken. Dann spannst du dein Augenlid mit dem Finger und ziehst eine Linie dicht am Wimpernrand von innen nach außen. Betone dabei **deine Augenform**! Schwarz lässt die Augen strahlen, mit farbigem Kajal kannst du deine Augenfarbe zusätzlich betonen. Probiere blauen Kajal für blaue Augen, grünen Kajal für grüne Augen oder braunen Kajal für braune Augen. Die Linie machst du weicher, indem du mit einem Wattestäbchen die Übergänge verwischst. Weißer Kajal im Innenlid lässt die Augen größer wirken.

Daily

Eyeliner

Ohne ihn geht's nicht mehr!

Mittlerweile findest du für jeden Geschmack und jeden Geldbeutel den passenden Eyeliner: flüssig oder als Stift, mit dicker, dünner, wasserfester Spitze, als Gel oder etwas fester in der Textur, aber auf alle Fälle **tiefschwarz**. Eyeliner ist der absolute **Hingucker** in deinem Gesicht, egal, ob du eine feine Linie ziehst oder mit einer doppelt-dreifachen deine Augen in Szene setzt.

Party

So geht's:

- **Pudere** dein Auge ab, bevor du Eyeliner aufträgst. So hält er besser und verläuft nicht.
- Ob Flüssig-Eyeliner oder Stift, **teste** den Pinselstrich und die Farbintensität am besten auf deinem Handrücken.
- Basic für alle Varianten ist ein **einfacher Lidstrich**, den du am Wimpernrand von innen nach außen ziehst. Das geht am besten, indem du lauter kleine Punkte setzt, die du später zu einer feinen Linie verbindest.
- Für **Katzenaugen** verlängerst du den Strich über den äußeren Augenwinkel hinaus und ziehst ihn leicht nach oben. Für mehr Drama machst du ihn einfach breiter, spitzer, länger, doppelt …
- Glamour-Akzente setzt du mit **Glitzer-Eyeliner**, den du zusätzlich aufträgst.
- Du kannst auch auf dem Unterlid Eyeliner auftragen, nur bitte etwas weniger als oben, sonst wirkst du wie angemalt.
- Generell gilt: Bei **eng** zusammenstehenden Augen erst ab der **Lidmitte** anfangen, das vergrößert optisch.
- Vermalt? Mit einem feuchten **Wattestäbchen** korrigierst du die Linie.

Extreme

Cosmas tipp:
betone immer nur eine partie deines gesichts, entweder lippen oder augen.

Smokey Eyes

Der Drama-Look schlechthin und etwas für Fortgeschrittene, weil ein perfektes Ergebnis einige Übung erfordert.

Für **Smokey Eyes** nimmst du am besten Schattierungen von **Schwarz** bis **Grau**.

Braun, Violett und Grün zaubern zusätzlich tolle Effekte.

Du brauchst immer einen **helleren** und einen **dunkleren** Ton.

Je weniger Farben du mixt, desto magischer wirkt es, je weicher die Übergänge, desto **geheimnisvoller strahlen deine Augen.**

1

Zunächst tupfst du dein Augenlid mit einem Kosmetiktuch ab und **grundierst** mit **Puder** oder einem neutralen Lidschatten.

2

Dann trägst du mit dem Lidschattenpinsel den **dunkleren Lidschatten** auf, und zwar auf das bewegliche Lid von der inneren zur äußeren Ecke des Auges innerhalb der Lidfalte.

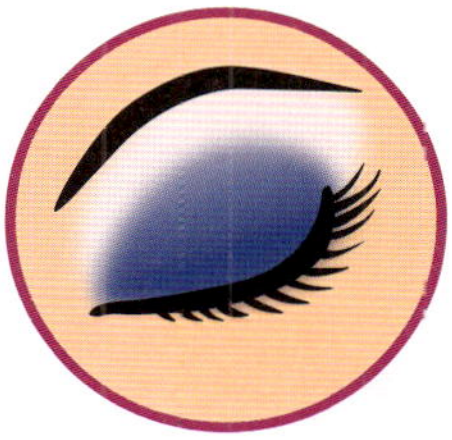

3

Der **hellere Lidschatten** kommt auf das obere Augenlid bis direkt unter die Augenbraue. Verblende die Übergänge sanft mit einem Pinsel oder einem Wattestäbchen. Die dunkle Farbe nach außen hin verblenden, zum Wimpernrand sanft ausstreichen.

4

Jetzt am **unteren Augenrand** von innen zur Mitte hin den dunkleren Lidschatten sanft verstreichen. Dann vom äußeren Teil her Lidschatten auftragen und zur Mitte hin ausblenden. Übergänge weich machen.

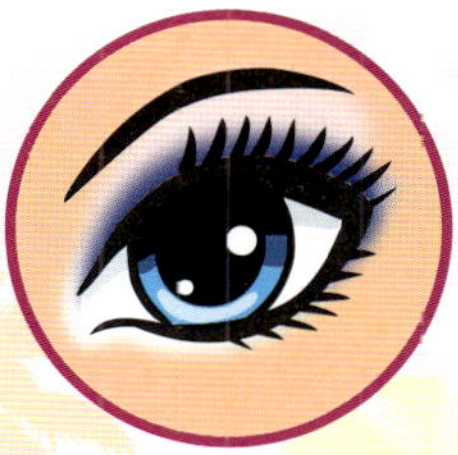

5

Abschließend die **Wimperntusche** auftragen –

ruhig dick!

Aber bitte **ohne „Fliegenbeine“** und **mindestens zweimal**.

Wimpern richtig tuschen

Ob wenige, kurze, widerspenstige oder gerade Wimpern, mit dem passenden Wimpernbürstchen verleihst du deinen Wimpern richtig Schwung! Mascara öffnet deine Augen und lässt sie zusätzlich strahlen. Generell gilt: Je feiner das Bürstchen, desto exakter kannst du die Wimperntusche auftragen.

So geht's:

- Für den richtigen Schwung biege deine Wimpern vor dem Tuschen mit der **Wimpernzange** in Form.
- Wähle die passende Farbe: Schwarz ist der **Klassiker** schlechthin, Blau und Braun sind für bestimmte Looks cool.

- Vom Mascara-Bürstchen überschüssige Farbe abstreifen, dann quer zum Auge am Wimpernansatz ansetzen und das Bürstchen von unten nach oben in **leichten Zickzackbewegungen** ziehen.
- Dabei erst am inneren Augenwinkel beginnen, dann außen und schließlich in der Mitte von den Ansätzen bis zu den Spitzen tuschen.

- Tusche auch die unteren Wimpern, am besten mit der Spitze.
- Mit einem **Bürstchen in Kammform** trennst du einzelne Wimpern und vermeidest „Fliegenbeine".

Für intensive Farbe zwei- bis dreimal tuschen.

Künstliche Wimpern gibt es in verschiedenen Formen und Varianten. Wähle extra lange, um den dramatischen Look zu verstärken oder ganz feine, wenn du eher natürlich wirken möchtest. Das Anbringen erfordert einige Übung und ein ruhiges Händchen.

1 Löse die künstlichen Wimpern vorsichtig aus der Verpackung. Wenn sie dir zu lang sind, kürze sie einfach am hinteren Ende mit einer Nagelschere.

2 Trage den Wimpernkleber auf der Unterseite der künstlichen Wimpern dünn auf und lasse ihn 30 Sekunden antrocknen.

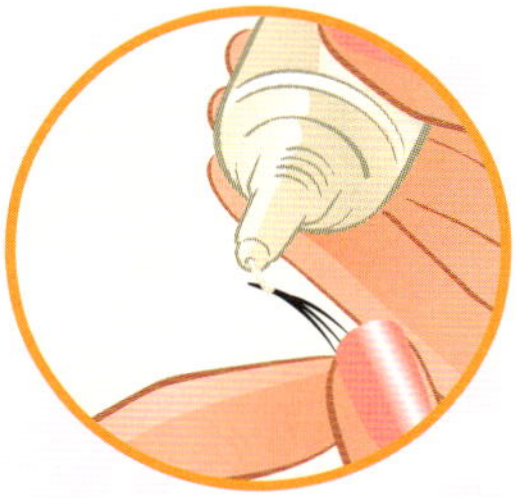

3 Jetzt bringst du das Wimpernband mit den Fingerspitzen vom äußeren Ende des Auges aus exakt am Wimpernrand an, sanft andrücken und fertig. Einzelwimpern bringst du mit einer Pinzette an.

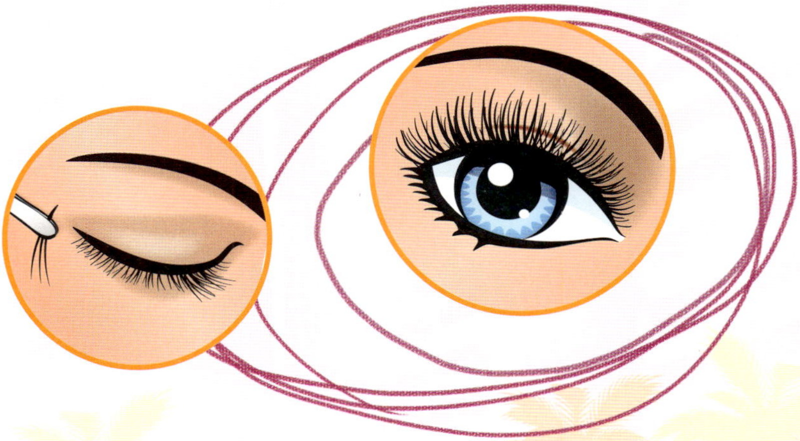

4 Zum Entfernen vorsichtig vom Augeninnenwinkel nach außen hin abziehen.

Lippenpflege

Ein strahlendes Lächeln kann verzaubern! Pflege deine Lippen regelmäßig mit einem guten Lippenbalsam, das macht sie geschmeidig – und kussfest. Schütze deine Lippen im Winter vor Kälte und im Sommer vor zu viel Sonne.

Lippenstift

Lippenstifte enthalten neben Farbpigmenten pflegende Inhaltsstoffe. Sie gibt es in vielen, vielen Farben und Varianten! Generell gilt: Je länger eine Farbe halten soll, desto leichter trocknen meist ihre Inhaltsstoffe die Lippen aus. Deswegen vorher immer einen guten **Lippenbalsam** auftragen. Dein Lippenstift muss aber nicht zwangsläufig auf dein Outfit abgestimmt sein. Die einen lieben knallrote Lippen zu schwarzen Klamotten, andere bevorzugen ein schimmerndes Gloss. Auch hier gilt: Probiere aus, was **dir gefällt** und zu **dir passt**!

Lipgloss

Lipgloss lässt deine Lippen schimmern und sorgt für einen **natürlichen Look**. Es sei denn, du wählst die Glamour-Variante mit viel Glitzer drin …

Lipgloss wird mit einem Applikator oder dem Finger aufgetragen, haftet aber nicht so lange wie Lippenstift. Deswegen öfters mal „nachlegen“.

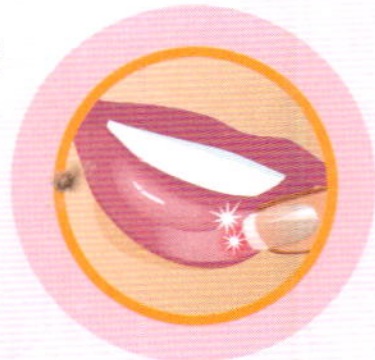

Cosmas tipp:
ein Klecks Honig zwischendurch auf die Lippen – schmeckt lecker und macht sie ganz zart.

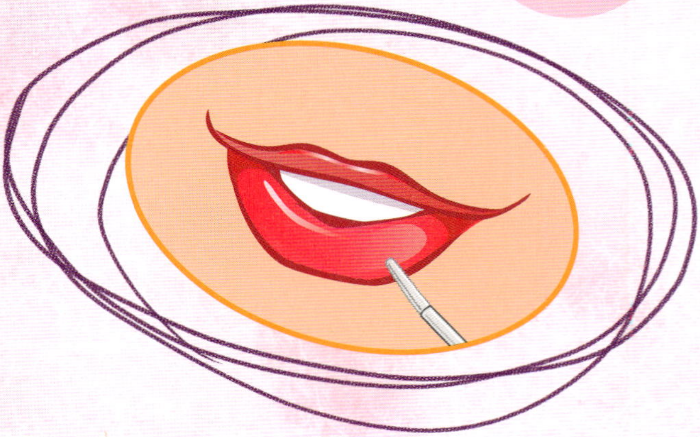

Welche Farben?

Helle Haut:
Alle leichten und zarten Töne, von Flieder bis Rosa und Glitzer.

Leicht getönte Haut:
Alle warmen Töne, von Koralle bis Lachsrot.

Dunkle Haut:
Alle dunkleren Rottöne, aber auch Violett- und Brauntöne.

Perfekt geschminkte Lippen

Profianleitung:

- Die Lippenkonturen ziehst du mit einem Lipliner nach und korrigierst dabei kleine Unebenheiten der Lippenform. Wähle die Farbe des Lipliners passend zu deinem Lippenstift, aber einen Ton dunkler.
- Die Farbe trägst du am besten mit einem Lippenpinsel auf. Von der Mitte heraus bis nach außen die Farbe auftragen und die Lippe von innen nach außen ausmalen.
- Mit einem Kosmetiktuch wird die Farbe abgetupft.
- Für einen natürlichen Look rollst du mit einem Wattestäbchen über den Lippenrand.
- Schmalen Lippen verleihst du mit hellen Farben mehr Größe. Glänzendes Gloss auf der Lippenmitte zaubert den „Schmolleffekt“.
- Volle Lippen machst du mit einem matten dunklen Lippenstift weicher. Dünne Lippenränder gleichst du mit einem Lipliner aus. Dafür zeichnest du deinen Lippenrand exakt nach und „füllst“ die Seiten mit Farbe.

Alles für Hände und Nägel

Deine Hände tun alles für dich – und sind immer sichtbar! Wie deine Lippen, solltest du auch deine Hände vor intensiver Kälte und Sonne schützen. Creme sie regelmäßig ein, im Winter am besten jeden Abend vor dem Schlafengehen.

Perfekte Maniküre

So geht's:

Entferne den alten Nagellack und säubere deine Nägel gründlich mit einer **Handbürste**.

Gönne deinen Nägeln ein **Nagelbad**. Dafür gibst du einfach etwas Olivenöl oder Duschgel in ein Schälchen mit warmem Wasser. Das macht die Nagelhaut schön weich.

Dann schiebst du mit einem Stäbchen aus Gummi oder Rosenholz die Nagelhaut vorsichtig zurück. Du kannst auch einen speziellen Nagelhautentferner benutzen. Nagelhaut **niemals** schneiden!

Jetzt kürzt du deine Nägel mit der **Schere** und bringst sie mit einer guten Feile in Form. Wichtig: Feile immer in eine Richtung!

Cosmas tipp:

bei besonders spröden händen hilft ein leichtes peeling aus 1 bis 2 el meersalz und etwas olivenöl. danach gut eincremen und für ca. eine stunde ein paar baumwollhandschuhe überstreifen, damit alles gut einwirken kann.

Mit einem Nagelpolierer bringst du anschließend deine Nägel auf **Hochglanz**.

Klarlack lässt deine Nägel gepflegt aussehen. Oder gönne ihnen einfach eine Extraportion **Pflegecreme oder Nagelöl**, das du gut in die Nägel einmassierst.

Brüchige Nägel behandelst du regelmäßig mit einem **Speziallack**.

Nagellack auftragen

So geht's:

- Ein **Unterlack** pflegt und schützt deine Nägel vor Verfärbungen. Außerdem macht er den Nagellack haltbarer. Gut trocknen lassen!

- Nagellack gut **durchschütteln**! Streife vor dem Auftragen die überschüssige Farbe vom Pinsel ab.
- Du beginnst mit einem Strich in der **Mitte**, dann lackierst du die **Seiten**. Gut trocknen lassen!
- Danach die **zweite Schicht** auftragen und wieder gut trocknen lassen!
- Ein spezieller **Überlack** macht deinen Nagellack zusätzlich stoß- und kratzfest.
- Kleine Patzer und Vermaler korrigierst du mit einem Nagellack-Korrekturstift oder einfach mit einem Wattestäbchen, das du in Nagellackentferner tauchst.

Nagellackfarben gibt es unendlich viele! Generell gilt, je länger deine Nägel sind, desto dezenter sollte die Farbe sein. Pastelltöne lassen kurze Nägel länger wirken, breite Nägel wirken optisch schmaler, wenn du an den Seiten einen schmalen Rand lässt.

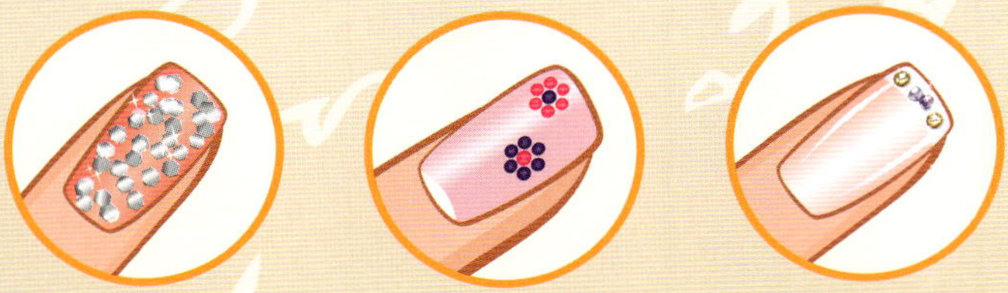

Cosmas tipp:
mit nageltattoos oder glitzersteinchen peppst du deinen look auf! einfach nach dem trocknen auf den nagel kleben und mit klarlack fixieren.

French Manicure

Typisch für diesen natürlich aussehenden Look sind weiße Nagelspitzen und rosige Nägel. Damit der Look exakt wird, musst du mit einer Schablone und den entsprechenden Farben arbeiten, die meistens im Set angeboten werden. Am einfachsten geht es mit einem speziellen French-Manicure-Stift, weil du damit ganz easy die Nagelspitzen-„Smile-Linie“ exakt nachmalen kannst.

Dafür gibt es zwei Varianten:

A

Step 1:
Klebe die Schablonen unter das Nagelweiß. Lackiere dann die weiße Nagelspitze mit weißem Nagellack und korrigiere hinterher mit einem Korrekturstift oder Wattestäbchen die Linie.

Step 2:
Lackiere den gesamten Nagel mit Klarlack.

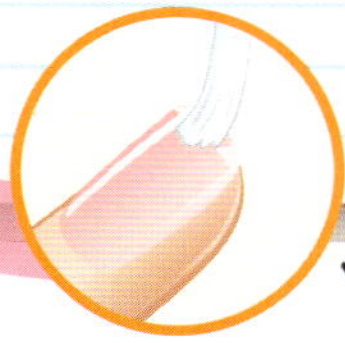

B

Step 1:
Trage einen rosafarbenen Nagellack (Nude- und Apricottöne gehen natürlich auch!) oder Klarlack als Basis auf.

Step 2:
Lackiere die weißen Nagelspitzen mit einem speziellen Stift oder weißem Nagellack exakt auf der „Smile-Linie“. Hierzu verwendest du am besten eine French-Manicure-Schablone.

Step 3:
Klarlack versiegelt die Maniküre.

Cosmas tipp:
Probiere french manicure doch mal mit Knallfarben aus!

Zeig deine Füße!

Deine Füße tragen dich durch die Welt und verleihen dir deinen guten Stand und Auftritt! Deswegen solltest du sie pflegen. Dazu gehören regelmäßige Fußbäder, Pediküre, Fußmassage und natürlich ein schicker Nagellack.

Pediküre

So geht's:

- Gönne deinen Füßen ein warmes Fußbad.
- Wähle einen passenden Zusatz für das Wasser: Pfefferminze für den Frischekick, Mandelöl für intensive Pflege.
- Hornhaut rubbelst du mit einem Bimsstein oder mit einer speziellen Hornhautraspel ab.
- Schneide danach deine Zehennägel gerade und feile die Ecken rund, damit nichts einwächst.
- Die Nagelhaut schiebst du mit einem Gummi- oder Rosenholzstäbchen vorsichtig zurück. Nagelhaut nicht schneiden!
- Anschließend gönnst du deinen Füßen eine extra Portion Creme und knetest sie richtig durch.
- Creme auch deine Fußnägel ein.

Nagellack für die Füße

Bei deinen Füßen darfst du **mutig** sein und **Farbe bekennen!**

Oder auch mal ein verrücktes Nageltattoo oder Muster ausprobieren!

Ein **Zehenspreizer** erleichtert das Auftragen. Gehe auch hier sorgfältig und sauber vor.

Cosmas tipp:
gegen schwitze-füßchen hilft barfuß laufen, so oft es geht! fußbäder mit salbei mindern die schweißbildung. trage in sneakers immer söckchen und wechsele ggf. regelmäßig die einlagen.

Haare

Haare gut, alles gut! Deswegen investiere ruhig ein bisschen Zeit in ihre Pflege. Ein guter Haarschnitt ist Voraussetzung für einen tollen Look, ebenso wie entsprechende Haarpflege. Am besten wählst du ein mildes Shampoo, das deine Haare nicht überpflegt, und gehst sparsam mit Stylingprodukten um. Die können deine Haare langfristig sogar schädigen.

Die passende Pflege für jeden Haartyp:

Trockene Haare:
Durch Färben und Blondieren, heiße Föhnluft und falsche Stylingprodukte können deine Haare trocken werden. Wasche sie mit einem Shampoo für trockenes Haar. Lasse sie außerdem so oft wie möglich an der **Luft trocknen** und schütze sie vor Sonne und Kälte mit einer coolen **Mütze**.

Fettige Haare:
Produzieren die Talgdrüsen deiner Kopfhaut zu viel Fett, wirken deine Haare schnell fettig und strähnig. Hier hilft nur: täglich mit einem **milden Shampoo** waschen und nach Möglichkeit auf heiße Föhnluft verzichten.

Schuppige Haare:
Ursache ist eine zu trockene Kopfhaut. Achte deshalb auf ein besonders **mildes Shampoo**, benutze nur lauwarmes Wasser zum Waschen und massiere deine Kopfhaut dabei, um die Talgdrüsenproduktion anzuregen. **Teebaumöl** beugt Schuppen vor. Gib einfach 20 Tropfen zu deinem herkömmlichen Shampoo.

Splissige Haare:
Wenn die Spitzen deiner Haare spröde und gespalten sind, kann das an heißer Föhnluft, falscher Bürste oder schlichtweg Abnutzung (Anstoßen auf deiner Schulter) liegen. Regelmäßiges **Spitzenschneiden** und Pflege mit speziellem **Balsam** helfen langfristig.

Lockige Haare:
Mit **Gel** und **Wachs** lassen sich wilde Locken bändigen. Oder ziehe deine Haare über eine dicke **Rundbürste** und föhne sie glatt. Wenn sie sich immer noch kräuseln, kannst du ab und zu auch ein **Glätteisen** benutzen.

Dünne Haare:
Mit Volumenshampoo bringst du Power in deine Frisur – vorausgesetzt, du hast einen **tollen Schnitt** mit gestuftem Deckhaar. Zusätzliches Volumen bekommst du, wenn du deine Haare **über Kopf föhnst** und den Ansatz mit **Haarspray** besprühst. **Strähnchen** sorgen zusätzlich für Stand.

Cosmas tipp:
probiere den ombre-look: ganz mutige färben ihre haarspitzen passend zum outfit! spezielle haarfarben sorgen für schonende farbakzente. gibt es auch als haarpuder zum auswaschen.

Stylingprodukte

Haarspray:
Absolutes Must-have, denn es fixiert jede Frisur und lässt sich prima auskämmen.

Haarlack:
Wie Haarspray, nur sehr viel stärker.

Haarschaum:
Verleiht deinem Haar Halt und Volumen. Einfach vor dem Föhnen eine walnussgroße Portion im handtuchtrockenen Haar verteilen.

Haargel:
Ideal für kurze Haare, weil du sie ganz individuell stylen kannst. Auch einzelne Strähnen lassen sich damit toll in Szene setzen.

Wachs:
Macht deine Haare geschmeidig und bändigt selbst die widerspenstigsten Strähnen. Kann das Haar aber auch beschweren.

Haarefärben

- Mit einer **auswaschbaren Haartönung** peppst du deine aktuelle Haarfarbe um ein paar Nuancen auf; nach ein paar Wochen ist sie wieder rausgewaschen. Perfekt, um einmal etwas Neues auszuprobieren. Vorsicht aber bei dunklen Nuancen, die können helles Haar langfristig färben.

- Der Begriff **Intensiv-Tönung** bedeutet, dass die Haarfarbe sehr viel länger hält. Es kann bis zu zwei Monate dauern, bis die Farbe wieder rausgewaschen ist.

- Bei einer **dauerhaften Coloration**, also einer **Färbung**, wird deine eigene Haarfarbe dagegen durch eine neue ersetzt. Hierbei solltest du dir sehr sicher sein, denn die Farbe müsste rauswachsen. Mit Strähnchen setzt du zudem ganz einfach ein paar Glanzlichter in deine Haare.

- Toll für blonde (und noch nicht blondierte) Haare ist eine Aufhellung mit **Blondierspray.**

Welche Frisur zu welchem Gesicht?

Ein **rundes Gesicht** wirkt durch einen Stufenschnitt länger, ein kurzer Pony oder ein Seitenscheitel streckt es außerdem.

Ein **langes, schmales Gesicht** braucht Locken oder Volumen, stylisch ist ein stufiger Pagenkopf mit Pony.

Ein **eckiges Gesicht** lässt du mit Locken, gestuften Strähnen und fedrigen Konturen weicher wirken.

Cosmas tipp:

arbeite immer exakt nach packungsanweisung! stimme die neue farbe auf deine hautfarbe ab! rosige haut braucht kühle töne wie blauschwarz, haselnuss oder aschblond. warmfarbener haut stehen brauntöne oder goldblond, und zu heller haut passen rot-goldene haare.

Frisuren

Damit deine **langen Haare** locker fallen, schneide und pflege sie regelmäßig. Probiere mal folgende Frisuren aus:

Trenne dir mit einem Kamm eine Haarpartie im Stirnbereich ab und flechte von der einen Seite einen Zopf über deine Stirn. Die restlichen Haare befestigst du mit einer schicken Klammer als lockeren Knoten am Hinterkopf und steckst die Enden deines Zopfes mit hinein.

Drehe rechts und links vom Mittelscheitel aus Strähnen nach hinten und binde sie am Hinterkopf zusammen.

Zopf über Seitenscheitel locker nach hinten flechten und nach vorne ablegen. Wenn dir hier ein paar Strähnen an der Seite herausfallen, macht das den Look nur umso lässiger.

Sleek Look:
Glätte deine Haare einfach mit einem Glätteisen.

Wenn du **mittellange Haare** trägst, lass dir die Haare für mehr Volumen durchstufen.

Ziehe mit einem Kamm einen leichten Seitenscheitel und föhne deine Haare locker über einer großen Rundbürste glatt. Wenn du die vordere Partie durchstufen lässt, lockert es den Look zusätzlich auf.

Auf den Pony kommt es an!
Dein Pony fällt besonders schön, wenn du ihn mit einer großen Rundbürste in Form föhnst. Die restlichen Haare bindest du locker am Hinterkopf zusammen. Hier dürfen auch ein paar Strähnchen an den Seiten rausfallen. So sieht der Look verspielt aus.

Drehe dir einen lockeren Knoten am Hinterkopf und binde mit einem breiten Band (oder Haarreif) die Haare aus der Stirn. Wenn dich kleine Härchen stören, kannst du diese mit Haarspray nach hinten fixieren.

Große Wellen und eine extra Portion Volumen sorgen für den gewissen Chic bei diesem Look. Einfach die feuchten Haare auf große Lockenwickler drehen, trocken föhnen und wieder ausdrehen. Nur noch mit Haarspray fixieren, fertig.

Bei **kurzen Haaren** achte auf einen guten Schnitt und einen variablen Pony.

Glam Punk mit Stil, Chic und Mut zur Tolle! Deinen Pony toupierst du mit einem Kamm und fixierst ihn mit viel Haarspray zur Seite. Hält mindestens einen Abend lang.

Mit einem Bob liegst du voll im Trend. Deine kinnlangen Haare föhnst du dir am besten mit einer großen Rundbürste glatt. Ein fransiger Pony sieht super dazu aus. Wenn du dir die Haare am Hinterkopf stufig schneiden lässt, zaubert das mehr Volumen.

Einmal kurz, einmal lang bitte. Und welche ist deine Schokoladenseite? Für diese Frisur ist Seitenscheitel Pflicht! Die Haare deiner Schokoladenseite trägst du ganz kurz, den Rest auch gerne stufig. Top!

Kurzen, feinen Haaren, die kraftlos nach unten hängen, verhilfst du mit einer guten Portion Haarschaum zu mehr Pep. Haare kopfüber föhnen sorgt für zusätzliches Volumen. Zu dieser Frisur passt ein Pony und stufiges Deckhaar.

Cosmas tipp:

verwöhne deine haare einmal pro woche mit einer passenden haarkur! massiere sie gut in haare und kopfhaut ein (außer bei fettigen haaren!) und lasse sie intensiv unter einem handtuchturban einwirken; die meisten kuren dauern zwischen 10 minuten und einer stunde.

BE YOURSELF

Simply you!

Sei du selbst und strahle!

Einen guten Auftritt wünscht sich jedes Mädchen! Manchmal kannst du mogeln und dich an einem „bad hair day“ ein bisschen mehr stylen als sonst. Oder du hast so geniale Laune, dass dir deine strähnigen Haare egal sind.

Aber am besten ist es natürlich, wenn du von außen und von innen strahlst. Neben einem coolen Look sind es oft Kleinigkeiten, die eine große Wirkung entfalten: dein Lächeln, deine Gesten, deine selbstbewusste Stimme. Gut, wenn du weißt, was du willst. Und noch besser, wenn du jeden Tag ein bisschen an deiner inneren, positiven Ausstrahlung feilst. Denn wenn du dich gut fühlst, siehst du auch gut aus.

Deine Ausstrahlung hängt stark von deiner Körperhaltung ab. Achte einmal darauf, ob du gerade sitzt und stehst oder einfach schludrig die Schultern hängen lässt und den Rücken dabei krumm machst. Ein positives Körpergefühl und eine gute Haltung tun deinem Selbstbewusstsein gut!

Cosmas tipp:
sport und gesunde ernährung sorgen für ein tolles körper-feeling! tägliche bewegung, viel obst und gemüse und ca. 1,5 liter wasser pro tag schenken dir außerdem eine top-ausstrahlung, da die haut besser durchblutet wird und schön rosig aussieht.

Diese Tipps & Tricks helfen dir dabei:

- **Für einen aufrechten Gang** balanciere ein Buch auf dem Kopf. Schultern gerade und Brust raus, den Blick nach vorne gerichtet. Und natürlich: Lächeln!

- **Mach dich groß,** innen wie außen, und wachse über dich hinaus, wenn du merkst, jetzt lässt du wieder die Schultern hängen (in der Schule, am Schreibtisch, beim Essen).

- **Für ein entspanntes Gesicht** schneidest du fünf Minuten täglich alle möglichen Grimassen, die dir einfallen. Lass deinen Mund auf- und zuklappen, gähne laut und lange, strecke oder rolle deine Zunge … Wir haben unzählig viele Muskeln im Gesicht, die gelockert sein wollen. Und Spaß macht es auch noch!

- **Halte Blickkontakt** mit deinem Gegenüber. Das verschafft dir Sicherheit, weil du die Kommunikation beherrschst und nicht verlegen seinem Blick ausweichst.

- **Lache und die Welt gehört dir!** Probiere es mal aus und laufe freundlich lächelnd durch die Gegend. Du wirst sehen: Selbst die schlecht gelaunte Kassiererin und der grantige Busfahrer lächeln zurück.

- **Das Leben ist ein Tanz!** Mit deiner Lieblingsmusik auf den Ohren rockst du ab, wenn du alleine bist, und zwar so verrückt und ausgeflippt wie es nur geht! Arme schlenkern, Hüfte wackeln, Beine kicken, Hauptsache, du hast Spaß dabei. Cool tanzen kannst du später, wenn andere zugucken. Für dich und dein gutes Körpergefühl aber weißt du: Tanze – und alles ist easy.

- **Mit beiden Füßen fest und sicher auf dem Boden stehen,** bloß nicht die Füße kreuzen oder verlegen einknicken. Achte darauf, dass du einen guten Auftritt hast, beim nächsten Referat, bei der Diskussion mit deinen Eltern oder wenn du im Kreis deiner Clique stehst.

Gut aussehen macht nur Spaß, wenn du auch gute Laune hast! Suche die Sonnenseiten im Leben und versuche, aus allem das Beste zu machen. Gehe Miesmachern aus dem Weg, sie verbreiten nur negative Energie und berauben dich deiner Lebensfreude.

Was du noch tun kannst:

Streiche Killersätze aus deinem Vokabular wie beispielsweise: „Das schaffe ich nie!“ oder „Mich findet eh keiner toll!“. Schreibe stattdessen fünf positive Sätze über dich auf, die dir Kraft geben, zum Beispiel: Ich bin liebenswert. Es ist gut, ich selbst zu sein. Ich genieße das Leben. Ich bin sicher und geborgen. **Ich bin schön und genau richtig, so wie ich bin.**

Mach dich locker! Bei Stress in der Schule oder Streit mit Freunden hilft manchmal nur eins: tief einatmen und langsam wieder ausatmen. Ein paarmal hintereinander durchatmen entspannt dich sofort. Bewegung sorgt zudem dafür, dass du dich langfristig ausgeglichen fühlst und deinen Körper in die richtige Balance bringst. Dabei kannst du einfach nur herumtollen, dich kräftig austoben oder dir eine Sportart suchen, die du regelmäßig mit Spaß ausübst.

Lerne bei Streitereien mit **Ich-Botschaften** zu kommunizieren und deine Gefühle zu beschreiben. Also statt: „Du bist schuld daran, dass es mir mies geht!“ sagst du besser: „Ich fühle mich mies, weil …“ oder „Ich bin traurig, weil …“. Es ist nicht egoistisch oder schlecht, ICH zu sagen, es ist eins der wichtigsten Worte, um fair miteinander zu kommunizieren. Denn auf diese Weise stellst du klar, dass es sich um deine persönliche Ansicht handelt. Es gehört schon ein bisschen Mut und innere Sicherheit dazu, Ich-Botschaften zu senden, weil du so anderen deine inneren Empfindungen mitteilst und dich verletzlich machst.

Kenne deine Bedürfnisse! Es ist gut zu wissen, was du brauchst, denn nur so kannst du auch feststellen, was dir fehlt. Dazu malst du dir eine (deine!) Sonne: In die Mitte schreibst du: Ich brauche. Auf die Strahlen ringsum setzt du deine Bedürfnisse, zum Beispiel: Zeit mit Freunden, Zeit mit meinen Eltern/Geschwistern, Ruhe nach der Schule, Action am Abend, deinen Lieblingssport, Musik usw., aber auch deine emotionalen Bedürfnisse wie Nähe, Liebe und Vertrauen.
Wenn du dann mal ins Grübeln kommst, ob der, die oder das richtig für dich sind, hilft dir ein Blick darauf weiter.

Bastle dir eine **Gute-Laune-Collage**: In einen Fotorahmen klebst du alles, was dir ein Lächeln ins Gesicht zaubert, zum Beispiel das verrückte Automaten-Foto von dir und deiner Freundin, die Eintrittskarte vom letzten Kino-/Konzert-/Theater-Besuch, Einwickelpapier von deiner Lieblings-Schoki, deinen Lieblingswitz, ein Foto von deinem Lieblingsplatz, Sportidol, Lieblingsmodel, deiner Familie, Hund, Katze …

Die Gedanken sind frei! Denk nicht darüber nach, was alles Schlimmes passieren könnte. Flüchte ab und an in deine eigene Traumwelt, in der alles genau so passiert, wie du es dir wünschst. Alles ist erlaubt, nichts ist verboten. **Nutze die Kraft der positiven Gedanken** und schöpfe daraus Kraft für dich im Alltag.

Kenne deine Schokoladenseiten: Schreibe dir mindestens zehn Dinge, die du toll an dir findest, auf Post-its und klebe sie an deinen Spiegel.

Das macht dich stark!

LOOKS

Dating Look
Romantik Look
Party Look
Boho Look
Wellness Look
Snow Look

Looks

Erlaubt ist, was gefällt! Aber nicht immer sieht es auch toll aus … Mit den zu dir passenden Farben und dem richtigen Styling gelingt ein rundum toller Look!

Welche Farben stehen mir?

Grundsätzlich hängt es von der Pigmentierung deines Teints ab, welchen Hautton du hast: Wirkt er eher golden und warm, besitzt du einen höheren Karotin-Anteil, rosig und kühl bedeutet mehr Melanin-Pigmente. Die Farben deiner Kleidung und deiner Haare „reagieren" auf deinen Hautton. Je nach Teint wirken verschiedene Farben dann unterschiedlich an dir; manche Farben stehen dir besser als andere. Allgemein wird nach Frühlings-, Sommer-, Herbst- und Wintertyp unterschieden, die meisten Mädchen sind übrigens Mischtypen!

Frühlingstyp:

Blondes oder asch- bis rotblondes Haar mit eher blassem Teint, der zu Sommersprossen neigt und empfindlich auf Sonne reagiert. Augenfarbe ist grün, blau, braun.
Diese Farben stehen dir: alles, was hell, warm und frisch ist wie Orange, Lindgrün, Blattgrün, Lachs, Apricot, Beige, Karamell. Für dein Make-up wählst du warme Goldtöne für deine Augen und leuchtend klare Rottöne für die Lippen.
Diese Farben solltest du meiden: dunkle Farben und kalte Farbtöne wie Schwarz, dunkles Tannengrün oder Pink.

Cosmas tipp:
was steht dir besser: alufolie oder goldfolie? halte die folie an dein gesicht, dann siehst du sofort, ob dein teint eher einen warmen (gold-folie) oder kühlen (alufolie) hautton besitzt.

Sommertyp:

Aschblondes bis bräunliches Haar mit hellem Teint, der zu Sonnenbrand neigt. Die Augen sind meist graublau oder grün.

Diese Farben stehen dir: alle auf blau basierenden, gedeckten und kühlen Farben wie Jeansblau, Flaschengrün, Flieder, Himbeerrot oder Silber. Für die Augen sind pudriges Rosa, Hellblau oder Minttöne toll, die Lippen vertragen kräftige Himbeer- und Bordeaux-Töne. Diese Farben solltest du meiden: reines Weiß, orangestichiges Rot und Gelb.

Herbsttyp:

Leicht rotstichiges oder dunkelbraunes Haar, der Teint ist sehr blass und wird kaum braun. Die Augen sind goldbraun, bernsteinfarben, braungrün oder rehbraun.

Diese Farben stehen dir: alle Herbstfarben! Also erdige Töne von Schoko bis Rost, Grün, Olive, gedecktes Orange und Beige. Als Lidschatten eignet sich Lachsrosa oder Olivgrün, für die Lippen ein warmer Orange- oder Ziegelton. Ein dunkles Bordeaux geht auch.

Diese Farben solltest du meiden: kalte Töne wie Marine oder Jeansblau, Pink, Seegrün, Jade.

Wintertyp:

Schwarze oder sehr dunkle Haare und dunkle Augen mit bläulicher Haut, die im Sommer olivfarben bräunt.

Diese Farben stehen dir: alle blaustichigen Töne wie frostige Pastelltöne, Pink, Zitronengelb, Enzianblau, Kirschrot und natürlich Schwarz und Violett. Als Lidschattenfarbe perfekt ist Türkis, Violett und Silber, für die Lippen wählst du Rubinrot, Rosa oder Pink.

Diese Farben solltest du meiden: Braun und pudrige Pastelltöne sowie Gelb, Gold und Orange.

Style yourself – Basics für den Kleiderschrank

Du hast nichts anzuziehen? Von wegen: Sortiere mal deine Kleidung in gute Basics, Accessoires und stylische Teile, dann behältst du die Übersicht.

Das sollte in keinem Kleiderschrank fehlen:

Eine coole Jeans:
Passend zu dir und deiner Figur. Damit bist du immer gut angezogen.

Minirock:
Ob in Jeans oder schwarz, einen Mini kannst du toll kombinieren, mit oder ohne Leggings und Sommer wie Winter tragen. Ein absolutes Must-have!

Weiße Bluse mit Top:
Ob chic oder lässig, der Klassiker schlechthin. Ein buntes Top unten drunter peppt das Ganze auf.

Shirts:
Mit langen oder kurzen Ärmeln, bunt, bedruckt oder einfarbig knallig, von Shirts kannst du nie genug haben.

Hoodies:
Machen deinen Look komplett und sind gut zum „Immer dabeihaben". Wähle für dein Basic-Teil klassische Farben wie Schwarz, Dunkelblau oder Grau, dann passt es zu allen Looks.

Sneakers und Ballerinas:
Es gibt Schuhe zum Reinschlüpfen und Wohlfühlen und welche für den großen Auftritt. Sneakers und Ballerinas in Schwarz, Weiß, Grau oder Beige gehören auf alle Fälle dazu.

Gürtel und Tücher:
Ein schlichter Gürtel und ein schickes Tuch wirken immer. Aber auch mit bunten Accessoires peppst du jeden Look auf.

Jacke:
Absolutes Basic-Teil, das du immer in einer klassischen Variante und Farbe kaufen solltest, damit es zu allem passt.

Welche Jeans passt am besten zu mir und meiner Figur?

Schlanke Beine:
Skinny-Jeans oder 7/8-Jeans.

Kräftige Beine:
Ausgestellte Form mit Bügelfalte, Bootcut oder Boyfriend-Style. Dark Denim macht schlank.

Kurze Beine:
Jeans mit hohem Bund und weitem Bein, auch Bügelfalten oder lange Säume.

Wenig Taille:
Boyfriend-Jeans, Bootcut-Jeans und weite, hoch geschnittene Styles.

Breite Hüften:
Boyfriend- oder Bootcut-Jeans und 7/8-Hosen, die die Fußknöchel hervorblitzen lassen und einen neuen Schwerpunkt setzen.

Kleines Bäuchlein:
Hoher Bund oder Stretch-Jeans.

Cosmas tipp:
investiere lieber in ein gutes basic-teil! modische accessoires wie ohrringe, tücher, gürtel oder taschen sorgen für abwechslung.

floral GRUNGE Look

verspielt & sexy

Dieser lässig-coole Look wirkt verspielt und sexy zugleich – ideal für ein Treffen mit deiner Clique. Deine weibliche Seite zeigst du mit verspielten Mustern oder Blümchen im Haar.

Als Kontrast dazu wählst du schwarze Accessoires und natürlich Leder mit vielen Nieten.

MAKE-UP STYLE

Hingucker bei diesem Look sind **Augen** und **Mund**, gönne ihnen also deine gesamte Aufmerksamkeit: Mattiere dein Gesicht mit einem farblosen **Puder**. Auf das innere Lid trägst du **beige- oder olivfarbenen Lidschatten** auf, das äußere Lid kannst du zusätzlich in **Koralle** schminken. Verblende die Übergänge gut miteinander und ziehe dann mit dem Eyeliner einen dicken **Lidstrich**.

Für die Extraportion Glamour setzt du Glitzersteine an die äußeren Augenwinkel.

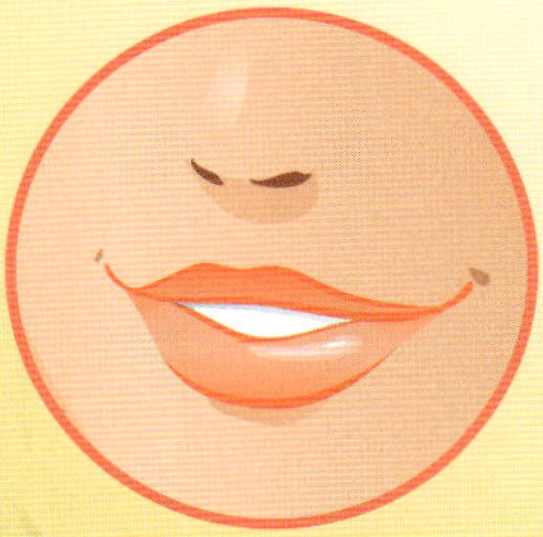

Deine Lippen lässt du in **zartem Rot** schimmern.

*Für die Nägel wählst du einen **Beerenton**. Mutige dürfen hier auch **schwarzen** Nagellack probieren.*

Als Basic-Teil wählst du etwas **Blumiges**, am besten ein kurzes Kleid oder eine Tunika mit **floralem** Muster. Dann kombinierst du schwarze Teile wie eine kurze Jacke oder Boots dazu. Absolutes Must-have: ein **Haarband** und natürlich

Nieten, Nieten, Nieten.

Aufpeppen mit Nieten

www.diy-das-mach-ich-selber.com

Das DIY-Girl Martha!
Ich bin 33 Jahre alt, in München lebend und in den Medien arbeitend. Verrückt nach Fashion, Schmuck und Beauty beobachte ich Trends und mache sie kostengünstig & einfach nach.

1 Mein wunderschöner Pulli wird kombiniert mit goldenen Nieten. **Gold** und **Weiß** ist eine tolle Kombination, die man chic oder lässig stylen kann.

2

Und so geht's: Nieten an die gewünschte Stelle setzen. Die spitzen Enden durch den Stoff durchdrücken und gut umbiegen, damit sie nicht auf der Haut kratzen.

3

Beim Umbiegen hilft eine **Schere**, mit der ich die Enden ganz fest in den Stoff drücke.

4

Und fertig ist das gute Stück!

Dating Look

Wie aufregend!

Ein **Date** steht bevor und du weißt nicht, was du anziehen sollst?

Relax – er will **dich** treffen und nicht deinen Kleiderschrank!

Klar willst du toll aussehen, aber bitte verkleide dich nicht! Schließlich soll er dich wiedererkennen und – noch viel besser –

wieder treffen, oder?

Make-up Style

Oberstes Gebot beim Daten:

Haare waschen und Klamotten tragen, in denen du dich **gut fühlst!** Und bloß **keine Experimente** beim Make-up. Wähle Farben, die zu deinem Typ passen und vor allem **deine Augen** betonen!

Dazu puderst du dein Augenlid ab und trägst einen **Braun- oder Nudeton** auf das bewegliche Lid. Mit einem **Kajal** (ob schwarz oder farbig bleibt dir überlassen) betonst du deine Augen. Übergänge sanft mit einem Wattestäbchen verwischen!

Das Geheimnis bei diesem Look sind **kräftig** getuschte Wimpern und **leicht** schimmernde Lippen. Verwende etwas Bronzing-Puder auf den Wangen, das lässt dich strahlen!

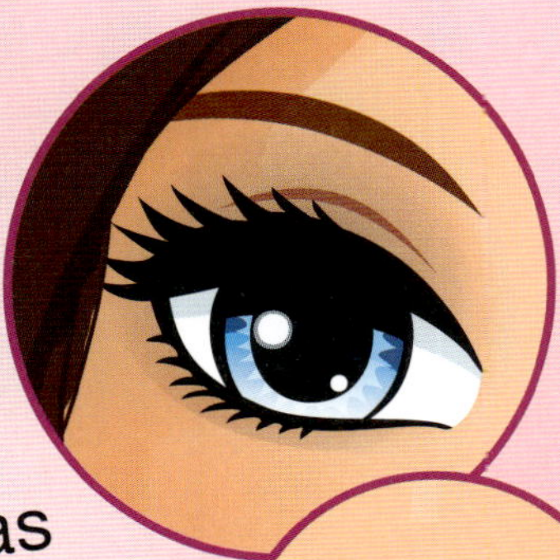

Deine Nägel lackierst du schlicht, am besten in einem ***Nude-, Rosa- oder Beigeton.*** *Als kleinen Hingucker kannst du auf den kleinen Fingernagel ein* ***Glitzersteinchen*** *setzen.*

Verzichte auf aufdringliches Parfüm. Wähle schlichten Schmuck und deine Lieblingsschuhe für einen sicheren Auftritt.

Cosmas tipp:

verwende zum daten nur wenig lippenstift, falls ihr euch früher oder später küssen sollte. wer weiß ... knallrote lippen sehen zwar toll aus, signalisieren aber distanz. besser ein leicht schimmerndes lipgloss auftragen.

Do it yourself

Das klassische 3 Farben-Make-up

Mein Name ist Magi und ich bin ein „alter Hase" der Beauty Community. Seit 2008 teile ich Tipps und Erfahrungen mit Kosmetikprodukten, Marktneuheiten und natürlich auch Schminkanleitungen auf www.magi-mania.de. Du findest mich auch auf dem YouTube-Channel „magimania". Schau doch mal vorbei und lass mir einen Gruß da!

1 Augen-Make-up stets mit einer dünnen Schicht **Lidschattengrundierung** beginnen. So strahlen die Farben und halten über Stunden.

2 **Lieblingsfarbe** mit einem flachen Pinsel auf das bewegliche Lid tupfen und dann nach oben und außen hin verstreichen, um einen sanften Übergang zu schaffen.

3 Ein **Highlight** im Innenwinkel lässt Augen wacher wirken und deinen Blick erstrahlen. Mit einem kleinen Pinsel einen hellen, schimmernden Ton auftragen und in die erste Farbe streichen.

4 Eine **dunkle Farbe** im äußersten Winkel mit einem fluffigen Pinsel ansetzen und entlang der Lidfalte nach innen streichen und wiederholen – so modellieren wir das Auge.

5 Mit der dunklen Farbe außen am unteren Lid fortfahren und bei Wunsch **Akzentfarbe** in die Mitte tupfen.

6 Wenn du magst, ziehe einen Lidstrich und tusche kräftig die Wimpern **et voila ...**

Cosmas tipp:
mit etwas übung kannst du eine passende kajalfarbe auf dem inneren lid auftragen.

Romantik Look

verspielt & süß

Rüschen und **Spitze**, am besten alles in Nude-, Rosé- und Beigetönen – das ist der Look.

Dabei muss es nicht immer ein Kleidchen sein. Ein blumiges Top zur Jeans oder pastellfarbene Shorts wirken genauso verspielt.

Wichtig ist nur, dass alles **ganz leicht** und **fedrig** aussieht. Du kannst auch Silberspangen mit Ornamenten ins Haar stecken oder dir große Wellen drehen.

Make-up Style

Zaubere dir mit der entsprechenden Foundation einen **zart schimmernden** Teint, am besten mit einem **leicht deckenden Make-up**, das **kaschiert** auch kleine Pickelchen.

Nach der Grundierung trägst du auf dein Augenlid goldbraun schimmernden Lidschatten auf. Umrahme damit das gesamte Auge bis hin zu den Augenbrauen. Mit einem dunkelbraunen Farbton betonst du die Lidfalte und die Augenwinkel, Übergänge gut miteinander verblenden. Für einen zarten Look nur **behutsam** mit dem Kajalstift arbeiten und die Wimpern **leicht** tuschen.

Deine Lippen bekommen einen **schimmernden** Lippenstift in Rosé.

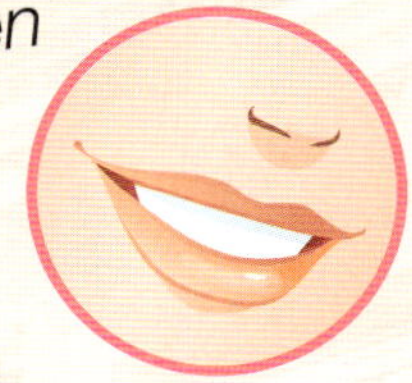

Deine Nägel lackierst du ebenfalls **rosé**, an den Füßen darf der Farbton etwas **kräftiger** ausfallen.

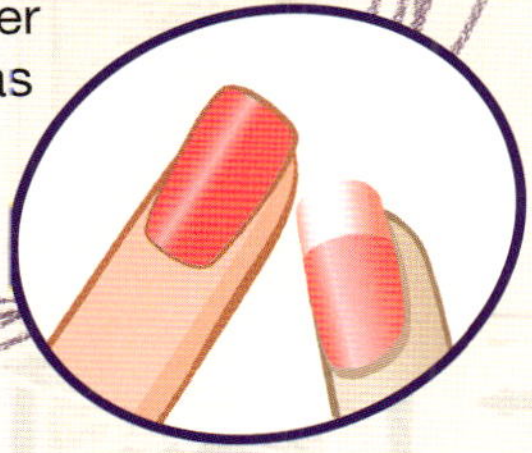

Verspielte Silberkettchen und Ohrringe machen den **verträumten Look** perfekt.

Do it yourself

Spitzen-Look

www.anniesworldblog.wordpress.com

Mein Name ist Anna, ich bin 20 Jahre alt und studiere Kunst- und Medienwissenschaften. In meiner Freizeit beschäftige ich mich gern mit Mode und habe schon immer Spaß daran gefunden, neue, einzigartige Teile zu entwerfen. Auf meinem Blog „Annie's World" sammle ich seit 2012 meine DIY-Ideen.

1

Du brauchst:

- Spitzenstoff
- breites Gummiband (Länge: Taillenumfang + 2 cm Nahtzugabe)
- Nadel + Faden
- Stecknadeln
- Schere

2

Zwei **gleich große Rechtecke** vom Spitzenstoff abschneiden. Von der Länge her sollte dir der Stoff von der Taille bis kurz unter die Hüfte reichen (+ 3-4 cm Nahtzugabe). Je breiter du den Stoff abschneidest, desto voluminöser (mehr Rüschen) wird dein Spitzenschößchen werden.

3

Klappe **3 cm** des Spitzenstoffes nach hinten um, stecke es mit Stecknadeln fest und nähe es an der untersten Kante zu. Dann wiederhole diesen Schritt beim zweiten Stück.

4

Lege die beiden Stoffteile so **übereinander**, dass die Außenseiten sich innen berühren. Stecke die linke und rechte Kante mit Stecknadeln zusammen und nähe sie anschließend zu. Dann kannst du die Innenseite nach außen stülpen, sodass die Nähte in der Innenseite versteckt liegen.

5

Stecke eine **Sicherheitsnadel** durch dein Gummiband, schließe sie und fädle das Gummiband mithilfe der Sicherheitsnadel durch den Schlauch, den du in Schritt 3 genäht hast. Wenn dein Gummiband am anderen Ende des Schlauchs wieder herauskommt, lege es mit dem anderen Ende **übereinander** und vernähe sie miteinander. Anschließend steckst du nur noch die offenen Seiten der Spitze ineinander und vernähst sie mit einigen Stichen.

6

Das Spitzenschößchen lässt sich mit einem **einfachen T-Shirt** oder mit einem **Kleid** kombinieren, um ein elegantes Outfit zu gestalten.

LIFE
is good
AT THE

Summer Look

Natürliche Frische

... in Pastell – das strahlt dieser Sommer-Look aus.

Frisch geduscht und mit einem leichten Sommerduft strahlst du mit der Sonne um die Wette.

Und für eine extra Portion gute Laune sorgt dein Lieblingssong auf dem iPod ...

Make-up Style

Für den perfekten **Sommer-Look** trägst du **Shorts** und ein **süßes Top**. Deine Haare sind frisch gewaschen und **offen**, der **„Ombre-Look“** ist ein toller **Blickfang**.

Wähle eine leicht getönte Tagescreme als Grundlage, dann trägst du pastellfarbenen Lidschatten auf das bewegliche Lid auf. Je nach Augenfarbe wählst du einen passenden Lidstrich in Mint oder Blau, wenn du dich traust, auch Lila.

Deine Wangen, Schultern und dein Dekolleté bekommen einen Hauch ***Schimmer-Bronzing-Puder****. Dazu wirken Fingernägel in* ***Pastellrosa*** *besonders cool. Vorher den* ***Sonnenschutz*** *nicht vergessen!*

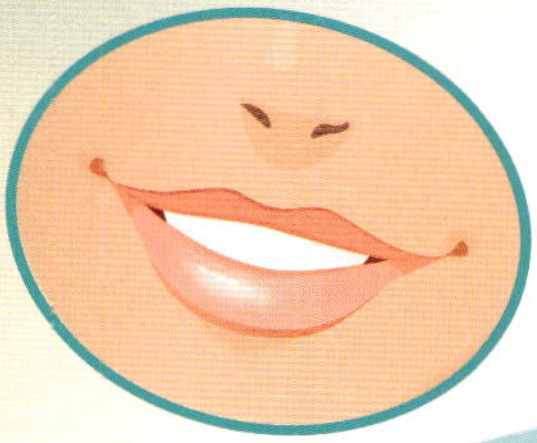

Deine Lippen schimmern mit einem dicken Tupfer Gloss am schönsten!

Damit der Look in Shorts und Top optimal wirkt, achte auf sauber rasierte Beine und Achseln. Am besten erledigst du das im Sommer alle zwei Tage unter der Dusche mit einem speziellen Nassrasierer. Hinterher gut eincremen, dann gibt's weder Pickelchen noch Rötungen.

Cosmas tipp:
eine schimmerlotion lässt deine haut sommerfrisch strahlen.

Do it yourself

Flower-Power Nägel

www.youtube.com/korovonkosmo

Hallo, ich bin KORO!
Auf meinem YouTube-Channel erfährst du immer alle News rund um die Beautyprodukte.
Ich teste Kosmetik und zeige dir, welche Produkte meine Erwartungen erfüllen und welche nicht. Schau mal rein!

1

Du brauchst: 4 bis 5 Nagellacke, die farblich harmonieren und sich im Kontrast unterscheiden. Achte also auf helle und dunkle Nuancen. Dann eine Nagelfeile und Zahnstocher.

2

Lackiere dir die Nägel mit allen Farben, die du gewählt hast. Beachte, dass die Nägel, auf die später die Blumen gestempelt werden, mit einem **hellen** Lack lackiert werden.

3

Forme nun aus einem **Zahnstocher** deinen eigenen Stempel, indem du ihn auf der Nagelfeile abschleifst. Je mehr du schleifst, umso größer werden die Kreise, die wir stempeln.

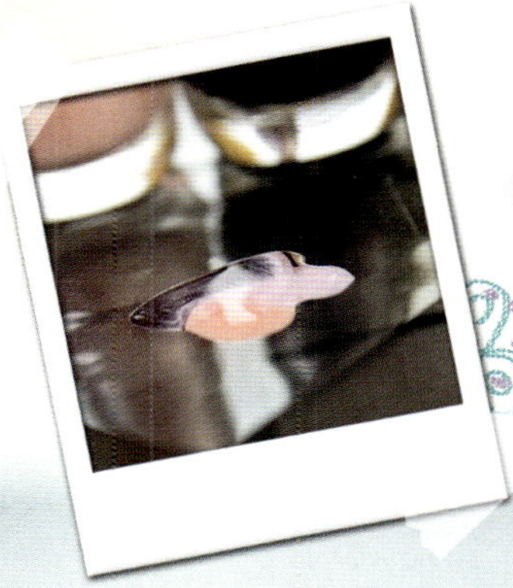

4

Kleckse alle **Farben**, aus denen du deine Blumen stempeln willst, auf ein Stück Plastik. Sie dürfen sich ruhig vermischen, so kannst du neue Farben für die Blumen kreieren.

5

Tupfe nun mit dem Zahnstocher abwechselnd in den Lack und dann auf den Nagel. Platziere je 5 Kreise in einer Farbe beieinander. Wähle für die Mitte eine andere Farbe.

6

Gestalte nur einen Nagel mit Blumen oder alle, ganz wie du magst. Fertig! Das Design ist in allen erdenklichen Farbkombinationen **ein Hingucker.**

Boho Look

Hippie-Styling

Der ideale Style für einen Nachmittag mit **deinen Freundinnen** oder zum **Träumen** auf der Wiese. Unverzichtbares Styling-Merkmal: ein **langer Rock** mit floralem Muster oder ein angesagtes **Maxikleid**.

Der Hippie-Look ist romantisch, verspielt und selbstbewusst zugleich.

Make-up Style

Grundiere dein Gesicht mit einer **getönten Tagespflege**, je nach Hauttyp kannst du auch mit **Bronzing-Puder** arbeiten.

Lid abpudern und auf das innere Lid **Grün** auftragen, das äußere bekommt einen kräftigen Strich **Kupfer**. In die Lidfalte trägst du **Schokobraun** auf. Übergänge gut miteinander verblenden. Unterhalb der Augenbrauen sehen hellere Highlights toll aus. Das untere Lid bekommt einen **zarten Strich** in Grün, mit dem Kajal betonst du deine Augenform.

Die Nägel lackierst du in einem hellen **Korallenton** oder pflegst sie ganz einfach mit einem **Klarlack**.

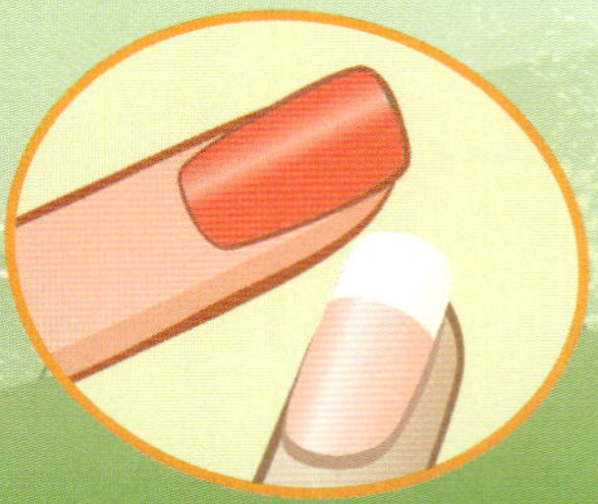

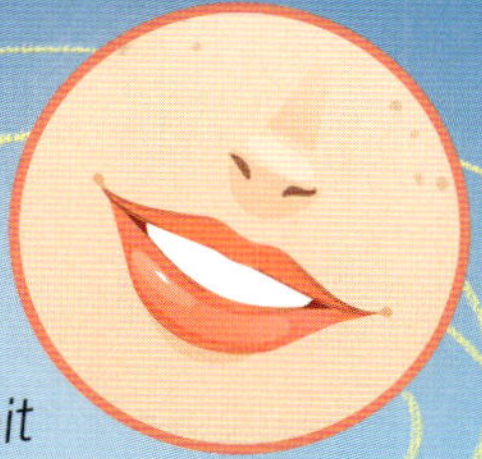

Deine Lippen schminkst du mit einem **Lippenstift in zartem Rot.**

Für das Hippie-Styling ist ein langer, leichter Rock perfekt. Ein verspieltes Top, kombiniert mit einer trendigen Pelz-Weste und schlichten Ledersandalen, klimpernden Armreifen und einem Fußkettchen runden deinen Look ab. Deine Haare trägst du offen, mit einem Haarband oder kunstvoll als Flechtfrisur. So oder so solltest du verspielte Strähnchen herausblitzen lassen.

Do it yourself

Pimp my shoes!

Hallo, ihr Lieben,
ich heiße Nanda und bin eine 18-jährige Bloggerin aus dem schönen Köln.
Mein Blog handelt hauptsächlich von Mode, aber auch von Alltag, DIY und Fotografie. Ich selbst würde meinen Stil als "modern Boho" beschreiben. Wenn ihr Lust habt, schaut gerne mal auf meinem Blog vorbei!

Upcycling ist der neue und günstige Trend des Jahres, denn jeder hat wohl das ein oder andere Teil im Schrank, das nicht mehr getragen wird, aber auch zu schade zum Wegwerfen ist. Warum also nicht für kleines Geld alte Sachen wieder tragbar machen?

Genauso erging es mir mit meinen alten Winterboots: 3 ganze Jahre haben sie mich treu durch die kalte Jahreszeit begleitet. Und jetzt? Sie sind ein bisschen in die Jahre gekommen – das gebe ich zu –, aber aufgeben wollte ich sie noch nicht. So kam ich darauf, sie nach meinen Vorstellungen aufzupeppen und ihnen ein **neues Image** zu verpassen!

1

Was ihr dazu braucht:

- Ein altes Paar Schuhe, am besten aus dünnem Stoff oder weichem Leder
- Nadel und den farblich passenden Faden zum Schuh
- Leder oder Stoffbänder
- Diverse Ohrringe nach eurem Geschmack (achtet darauf, dass sie eine Öse haben und ihr den Haken für das Ohr entfernen könnt)

2

Um eure ausgewählten Schmuckstücke **fest** an den Schuh nähen zu können, müsst ihr zunächst den Faden durch die Nadelöse fädeln und dann die Enden des Fadens **mehrmals** zusammenknoten. Nun geht ihr an der gewünschten Stelle mit Nadel samt Faden in den Schuh und durchbohrt den Schuh von innen nach außen (damit man den Knoten nicht sieht).

3

Über die Nadel auf den Faden fädelt ihr nun das **Schmuckstück** an der Öse auf. Nun müsst ihr es nur noch festnähen (nicht vergessen, es nachher innen zu verknoten, damit es hält). So macht ihr es nun mit jedem Schmuckstück an einer beliebigen Stelle.

4

Ich habe am Schluss noch aus dünnen **Lederbändern** ein Band geflochten, welches ich zusätzlich am Schuh festgenäht habe (achtet darauf, dass die Bänder für beide Schuhe gleich lang sind).

Ich wünsche euch viel Spaß bei eurer eigenen Verschönerungsaktion.
Lasst eurer Kreativität **freien Lauf!**

Party Look

Glamour!

Auf die Party, fertig, los! Am besten legst du dir dein Outfit schon einen Tag vorher zurecht, dann bist du entspannter! Wenn du eine neue Schminktechnik, wie zum Beispiel einen dicken Lidstrich oder aufgeklebte Wimpern, ausprobieren möchtest, tue das ebenfalls vorher, das erspart dir Stress.

Für den Party-Look kann es gar nicht glamourös genug sein, schließlich geht es um deinen großen Auftritt! Also wähle alles, was schimmert und glitzert – und auffällt!

Make-up Style

Das Abend-Make-up darf kräftiger ausfallen, deshalb darfst du hier gerne dick auftragen. Aber Vorsicht mit Glitzer-Puder, wenn du zu unreiner Haut neigst, bringt es kleine Pickelchen erst recht zur Geltung.

Nach der Grundierung schminkst du dir **Smokey Eyes** (S. 22). Du kannst auch einen kräftigen **Lilaton** als Basis und zur Betonung der Augen im inneren Lid schwarzen Kajal auftragen.

Die Wangen bekommen nur einen Hauch Farbe, dafür werden deine Lippen kräftig geschminkt, zum Beispiel in Rot. Arbeite sorgfältig mit einem Pinsel und schärfe die Lippenkonturen mit einem Lipliner.

*Finger- **und** Fußnägel lackierst du natürlich ebenfalls, am besten auch hier in **Rot**!*

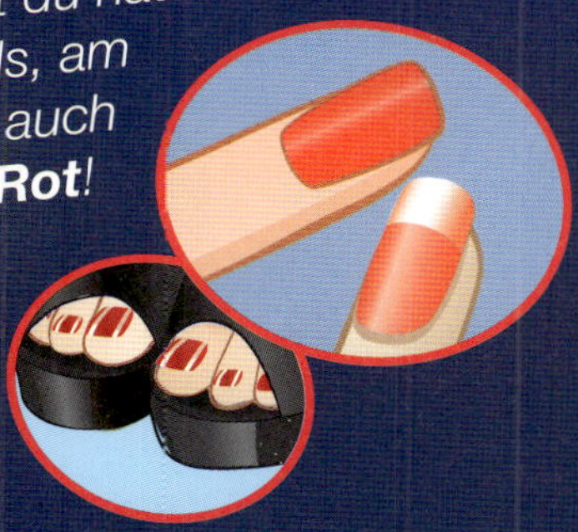

Wähle ausgefallenen Schmuck: einen extra dicken Ring oder extravagante Ohrringe. In dein Partytäschchen packst du Deo (wenn du beim Tanzen ins Schwitzen gerätst), Blasenpflaster (für die High Heels) und natürlich deinen Lippenstift (zum Nachziehen).

Cosmas tipp:
für den zusätzlichen glamourfaktor sprühst du dir deinen lieblingsduft auf – an hals, armbeuge und handgelenk.

Do it yourself

Candy Apple Lips

Mein Name ist Palmira, ich bin Make-up Artistin und komme aus Berlin. Meine Lieblingsbeschäftigung ist es, kreativ zu sein. Mein größter Wunsch: in der Make-up Welt als hauptberufliche Make-up Artistin bekannt zu werden und meine eigene Kosmetikmarke zu besitzen.

1 Um die Lippen zu pflegen, tragen wir als Erstes einen leichten **Lippenbalsam** auf. Das ist wichtig, damit unsere Lippen nicht austrocknen.

2 Mit einem **dunkelroten Lipliner** umranden wir dann unsere Lippen und füllen sie komplett damit aus. Der Lipliner sollte nicht zu hart, aber auch nicht zu cremig sein.

3

Mit einem **flachen Pinsel** und einem **Concealer** in unserer Hautfarbe umranden wir nun unsere Lippen. Das betont ihre Form und verstärkt den Effekt.

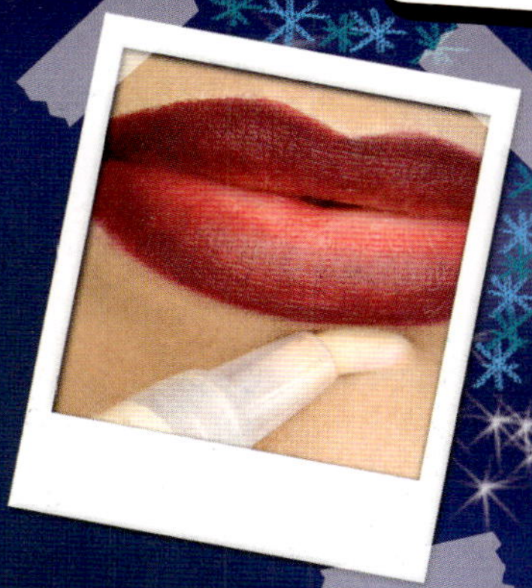

4

Jetzt können wir den **roten Lippenstift** benutzen. Durch unseren Lipliner muss er nicht bis zum Rand aufgetragen werden.

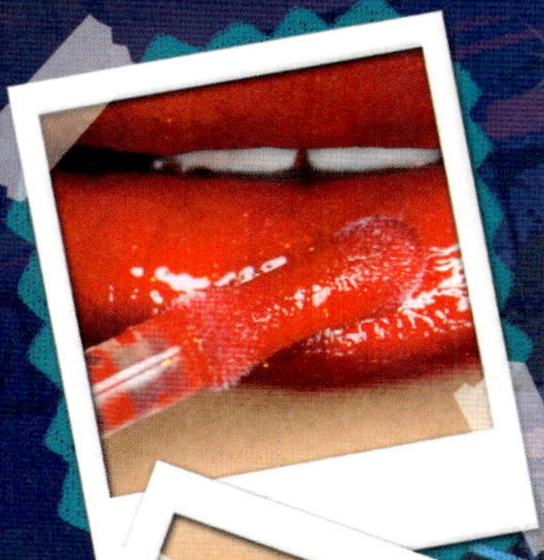

5

Für den **„kandierten Apfel-Effekt"** tragen wir nun ein helles rotes Lipgloss auf.

6

Glitterpigmente im Lipgloss sind ein zusätzlicher **Eyecatcher!**

Denim Look

Zeitlos hip

Mit einer Jeans bist du (fast) immer perfekt angezogen, da ist das Shirt beinahe Nebensache. Deswegen lohnt es sich, in ein cooles Stück zu investieren.

Ob Skinny, Bootcut oder Low Waist, deine Lieblingsjeans sollte die perfekte Passform für dich haben.

Make-up Style

Dein Gesicht bekommt **ein leichtes Make-up** und wird sanft abgepudert, die Augen strahlen in **Blau, Blau und noch mal Blau.** Hier sind alle Schattierungen erlaubt! Je nachdem, wie intensiv du auftreten möchtest, schminke sie kräftig à la Smokey Eyes oder ziehe nur einen feinen blauen Lidstrich. Wer es bunter mag, kann mit rosa Lidschatten auf dem Augenlid Akzente setzen.

Jeans-Look bedeutet einen lässig-coolen Auftritt, der durch seine Natürlichkeit besticht und dich strahlend zur Geltung bringt.

Auf alle Fälle gehören zum Denim Look kräftig **schwarz getuschte Wimpern**, dafür schimmern die Lippen nur sanft in **Nude-Tönen**, ganz Schlichte wählen ein **rosafarbenes Gloss**.

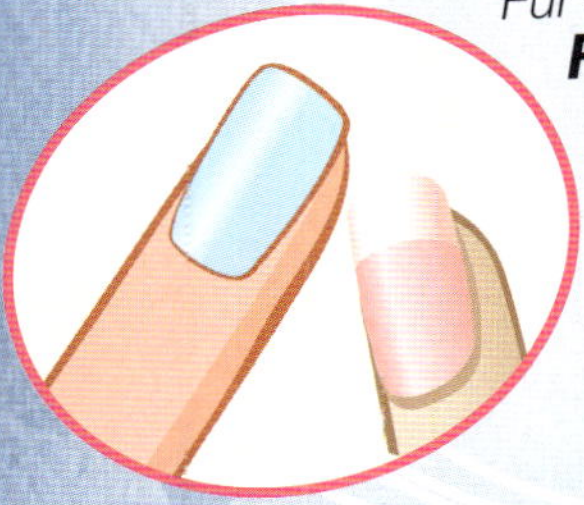

Für die Nägel passt ***French Manicure oder hellblau,*** *die Haare werden lässig zusammengebunden.*

Große Silberohrringe und ein dicker Armreif machen deinen Style perfekt – und die Wahl der Schuhe entscheidet über Party, Casual oder Theater.

Cosmas tipp:
deine lieblingsjeans ist kaputt? oder du hast eine jeans „geerbt", aber findest sie uncool? mit kreativen ideen machst du aus deiner alten jeans ein echtes schmuckstück!

Sixties-Look:
Lass die Blumen blühen! Wenn du **häkeln** kannst, mache dir drei bunte Blümchen, die du auf die Hosenbeine aufnähen kannst. Mit einem **Stoffmalstift** kannst du Blumen aber auch ganz einfach aufmalen.

Do it yourself

Pimp my Jeans!

www.annosarusrex.blogspot.de

Hey, ich bin Anne vom Blog „annosarusrex", welchen ich zusammen mit meiner besten Freundin führe. Mir macht es unglaublich viel Spaß, kreativ zu sein und meiner Fantasie freien Lauf zu lassen. Jeder Mensch ist einzigartig und ich finde, dass sich das wunderbar im Styling widerspiegeln lässt.

Es gibt unzählige Möglichkeiten, alte Jeans aufzupimpen. Ich zeige euch, wie ihr außergewöhnliche „destroyed"-Shorts selber machen könnt.

1 Alles, was ihr dazu benötigt, ist eine alte Jeans, eine Küchenreibe, ggf. einen Schmirgelklotz, eine Stoffschere, zwei Eimer, Handschuhe, Bleiche und ein bisschen Fantasie.

2 Am besten lässt sich die Jeans mit einer **Küchenreibe** „zerstören", indem ihr sie über das Material schiebt und somit die Jeans ordentlich abwetzt.

3

Danach geht es weiter mit den **Löchern**: Stelle aussuchen, falten und einschneiden! Fertig ist die Ausgangslage …

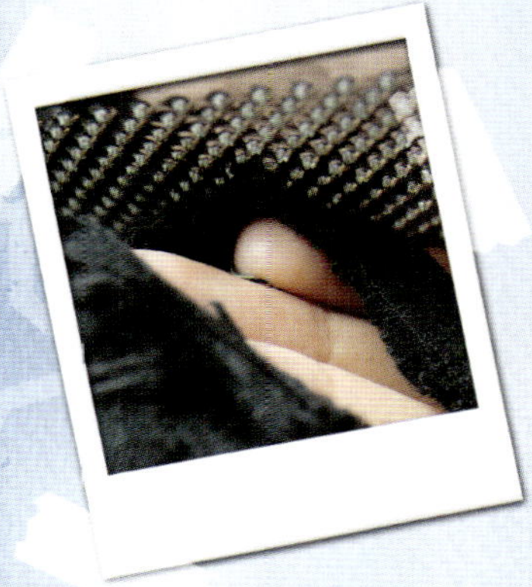

4

Nun kommt die **Reibe** wieder zum Einsatz! Einfach hin- und herschieben, damit sich Fäden bilden. Dabei auf eure Finger aufpassen!

So sieht das Ganze dann aus:

5

Jetzt geht es ans **Bleichen**. Dazu benötigt ihr frische Luft, einen Eimer mit Wasser und einen zweiten Eimer mit etwas Bleiche, z. B. „DanKlorix“.

Bitte während des gesamten Vorganges **Handschuhe** tragen.
Die trockene Hose einfach in den Eimer mit Bleiche hängen und ein paar Minuten warten. Zwischenzeitlich immer die Farbveränderung kontrollieren.
Wenn ihr eure Wunsch-Farbe erreicht habt, die Hose rausnehmen, auswringen und im Wassereimer auswaschen. Danach ab in die Waschmaschine, am besten bei 40°!

6

Fertig sind eure **neuen, tollen Shorts!** Man kann sie auch zusätzlich mit Nieten oder Stoff verzieren, da ist noch viel kreativer Spielraum.

GREAT
amazing
COOL

SCHOOL Look

lässig & cool

Mit diesem Look überstehst du selbst den längsten Schultag.

Top gestylt und trotzdem bequem und schnell zurechtgemacht, mit einer großen Tasche für all deine Unterlagen – das ist das Geheimnis des School Looks.

!

MAKE-UP STYLE

Dieser Look besticht durch seine **Natürlichkeit**, die es auf den **zweiten Blick** ganz schön in sich hat: Mit einer **leicht getönten Tagescreme** kaschierst du kleine Hautunebenheiten und zauberst morgens einen **strahlenden Teint** in dein Gesicht.

Dein bewegliches Augenlid grundierst du in Beige, mit Koralle setzt du in der Lidinnenfalte und am äußeren Augenrand Akzente. Übergänge gut verwischen, mit dem Kajalstift deine Augenform betonen und **tuschen** nicht vergessen!

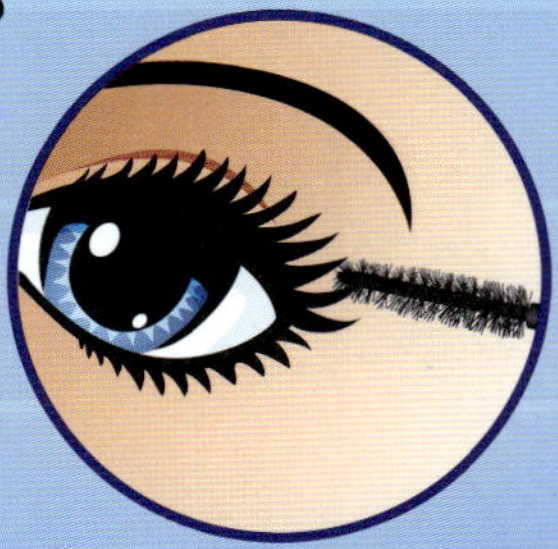

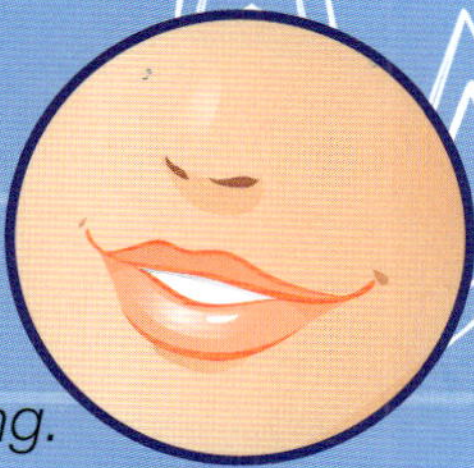

Deine Lippen bringst du mit schimmerndem **Gloss** zur Geltung.

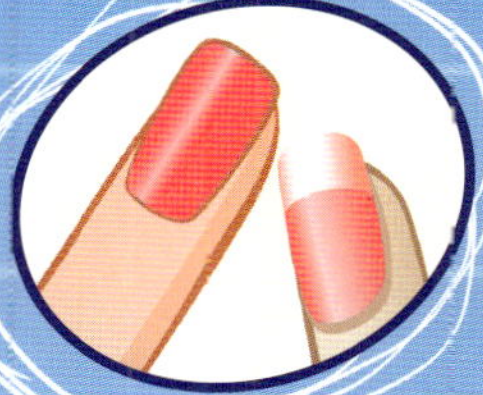

Deine Nägel lackierst du himbeerrot.

Wähle eine bequeme Jeans, die beim Sitzen nicht im Bauch kneift und ein Print-Shirt. Dazu passen eine Collegejacke und natürlich Sneakers.

Süße Stecker, Armbänder, eine **sportliche Uhr** und ein farblich passendes **Tuch** machen deinen Look **perfekt!**

Und wer sagt, dass Schulbücher in einen Rucksack müssen? Eine **große Umhängetasche** hat auch viel **Platz** und macht **mehr Spaß!**

Cosmas Tipp:

blush ist ein echtes allround-talent. neben deinen wangen kannst du diesen auch auf dein bewegliches augenlid auftragen – das sorgt für einen frischen look.

Do it yourself

HAARE FLECHTEN

Mein Name ist Sabine, ich bin 28 Jahre alt und wohne in der schönen Stadt München. Auf meinem Blog „Froh-Sinn“ findest du ein buntes Gemisch aus den Themen Beauty, Mode & Leben. Ich freue mich über deinen Besuch!

1 Für diese Flechtfrisur benötigt ihr eine Bürste, einen dünnen Haargummi, Haarspray, Trockenshampoo und ein paar Bobby-Pins, um störende Haare aus dem Gesicht zu nehmen.

2 Um deinen Haaren mehr **„Griff“** zu geben, kannst du zuerst **Trockenshampoo** am Ansatz verwenden. Kämme es sauber durch und du hast eine ideale Grundlage für die nächsten Schritte geschaffen.

3

Ziehe deinen gewünschten **Scheitel** und beginne mit dem Abteilen einer Partie am oberen Vorderkopf. Teile diese Partie in **3 gleichgroße Strähnen** auf.

4

Flechte nun ein-, zweimal in der klassischen Flechttechnik. Das ist die **Basis** für den etwas schwierigeren Teil. Schwierig ist hier relativ, Übung macht den Meister!

5

Jetzt beginnst du damit, einen **französischen Zopf** zu flechten. Dazu nimmst du einfach neues Haar zu der „alten" Strähne dazu. Das machst du nun abermals ein-, zweimal.

Flechte auf diese Art ein kleines Stück nach unten.

Do it yourself

HAARE FLECHTEN

6

Du hast jetzt **drei Strähnen** in der Hand. Die untere Strähne lässt du einfach **fallen**, dadurch entsteht die gewünschte „Wasserfalloptik“. Greife daneben (unten) **neues Haar** dazu und flechte normal im französischen Zopf weiter. Wieder unten angekommen, lässt du erneut die Strähne fallen und greifst von Neuem neues Haar. So geht das ein ganzes Stück weiter.

7

Wenn du das gemacht hast, sollte es in etwa so aussehen.

8

Flechte nun einen **normalen Zopf** nach unten an die Haarspitze und befestige das Ganze mit einem Haargummi.

9

Um den Look moderner zu gestalten, kannst du ihn durch das **Auseinanderziehen** des Zopfes noch etwas „messy“ gestalten.

10

Fertig! Du kannst dich bei diesem Zopf kreativ ausprobieren. Je nachdem, ob du dickere oder dünnere Strähnen beim Flechten verwendest, wirkt der Zopf jedes Mal anders. Viel Spaß beim Nachmachen!

Wellness Look

Mach mal Pause!

Einfach mal nichts tun und die Seele baumeln lassen – Entspannung gehört dazu! Gönne dir regelmäßige Auszeiten und lass es dir gut gehen.

Vielleicht hat ja deine beste Freundin Lust auf einen Wellness-Nachmittag, dann könnt ihr euch gegenseitig verwöhnen.

Make-up Style

Denn **Körper, Geist** und **Seele** brauchen auch mal **Pause von Alltagstrouble und Schulstress** – und deine Haut freut sich über intensive Pflegestunden zum **Aufatmen**.

Gönne dir nach deinem **Pflegeprogramm** ein **leichtes** „Make-up“: Gesicht mit einer pflegenden **Tagescreme** eincremen, **etwas Mascara** und **farbloses Gloss**, voilà!

Cosmas tipp:

zum chillen wählst du dir am besten ruhige musik von deiner lieblingsband. Das können liebeslieder sein, instrumentale stücke oder einfach nur meeresrauschen. du weißt schließlich am besten, bei welchen klängen du am liebsten entspannst.

*Zum **puren Look** gehören **nudefarben** lackierte Nägel.*

Gestylt ungestylt – und am besten im Wohlfühllook.

Das können gemütliche **Jogginghosen** und schlabberige **Shirts** oder auch **Leggings** und **Top** sein.

Do it yourself

Sticker für die Nägel

Aloha Prinzessinnen!
Ich bin Mara und auf meinem YouTube-Channel findet ihr alles, was euer Mädchenherz höher schlagen lässt.
Mein Motto: Jeder ist schön!

www.youtube.com/user/Vorstadtcinderella

1

Nagelsticker selbst zu machen ist ganz leicht. Ihr könnt damit eure eigenen Nageldesigns entwerfen und eure Nägel aufpimpen, wann immer ihr wollt. Besonders toll wirken die Sticker mit **Glitzernagellack**.

Ihr braucht:
verschiedene Nagellackfarben, Gefriertüten aus dem Supermarkt und Ministanzer aus dem Bastelbedarf mit euren Lieblingsmotiven.

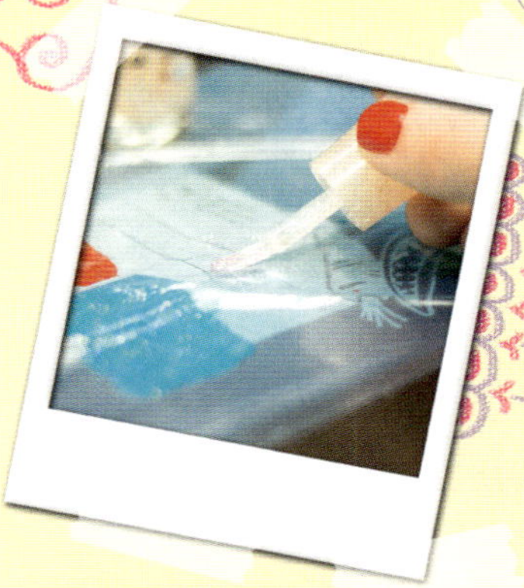

2

Nehmt eine **Gefriertüte**, breitet sie auf einer glatten Oberfläche aus und lackiert darauf eure Wunschfarben in 2-3 **deckenden Schichten**.

Lasst die Nagellackschichten **sehr gut durchtrocknen**. Am besten über Nacht. So könnt ihr wirklich sicher sein, dass alles gut getrocknet ist und ihr zum nächsten Schritt übergehen könnt.

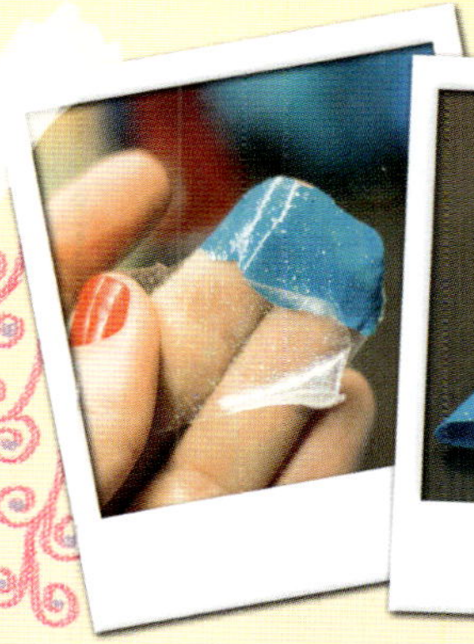

3

Zieht den Nagellack **vorsichtig** von der Gefriertüte ab. Legt das entstandene Nagellackblättchen in den Stanzer und drückt zu. Fertig ist der Sticker!

4

Nun könnt ihr die fertigen Sticker nach Belieben verwenden. Legt sie auf den **fast trockenen** Nagellack und lackiert mit einer **Schicht Klarlack** darüber! **Fertig** ist euer hübsches Nageldesign.

SNOW
Look

Ab in den Schnee!

Mit dem Snow Look bist du
cool und warm zugleich angezogen!
Untendrunter trägst du wärmende
Ski-Unterwäsche und
Felleinlagen in den Boots.
Obendrüber eine knallige Weste
mit Fellkragen und natürlich eine
winddichte Mütze.

Make-up Style

Für den Snow Look versorgst du deine Haut mit einer **reichhaltigen Tagescreme**, die leicht getönt sein darf. Wenn du bei Schnee in den **Bergen** unterwegs bist, **Sonnencreme** nicht vergessen!

Deine Augen schminkst du **knallblau**. Dazu Lidschatten auf das gesamte Lid auftragen, auch in die Augeninnenwinkel. Mit einem **lila** Kajal betonst du deine Augen und setzt unter die Augenbrauen Highlights in **Rosa**.

Deine Lippen pflegst du mit einem **farbigen** Lippenpflegestift, damit sie in der Kälte geschmeidig bleiben.

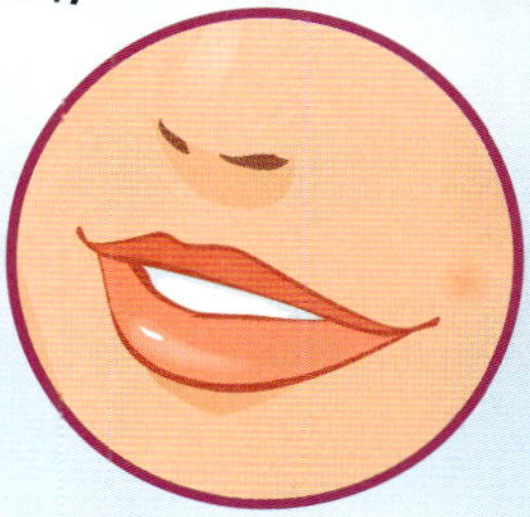

Deine Fingernägel lackierst du in einem frostigen Rosaton und cremst auch deine Hände sorgfältig ein.

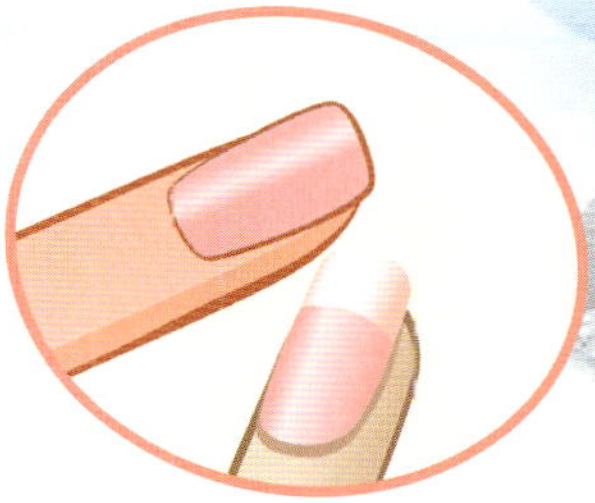

Cosmas tipp:

Vorsicht mit Ohrringen: als Kälteleiter kann es hier leicht zu Erfrierungen an den Ohrläppchen kommen.

Do it yourself

Mut zu Farbakzenten

www.talasia.de

Ich bin Steffi aus Hamburg und habe eine große Leidenschaft für Kosmetik. Mein Beautyblog besteht seit Mai 2010. Ich berichte dort über Beautyprodukte, zeige meine Ideen und teile Erfahrungen mit euch. Besonders liebe ich Make-up für die Augen. Mein Motto: „Mut zur Farbe".

1 Ich verteile mit dem Finger eine **Eyeshadowbase** auf dem gesamten Lid, benutze **Augenbrauengel** und schwärze die obere Wasserlinie mit einem **Kajal**.

2 Mit einem Pinsel gebe ich einen **schimmernden hellen Braunton** großzügig in die Lidfalte und verblende ihn nach außen mit einem **hautfarbenen Lidschatten.**

3

Dann wähle ich einen feineren Pinsel, am besten einen **Pencilbrush**, um einen **dunklen Braunton** in die Lidfalte aufzutragen.

4

Das bewegliche Lid schminke ich in einem **hellen, schimmernden Ton** und verblende ihn in die beiden anderen Farben.

5

Das **farbige Highlight** entsteht durch einen **lila Kajal** am unteren Wimpernkranz.

Alternativ kann man dort auch mit einem feinen Pinsel farbigen Lidschatten auftragen.

6

Schwarzer Eyeliner, Wimperntusche und schwarzer Kajal auf der Wasserlinie runden den Look ab.

Cosmas tipp:
zum Schutz gegen Kälte fetthaltige Cremes benutzen. Sobald du in die Wärme kommst, kannst du sie wieder entfernen.

SOS-Tipps

Wenn's mal wieder schnell gehen muss und gerade jetzt kleine Pannen das Leben erschweren. Die SOS-Tipps geben dir Hilfe in letzter Sekunde.

Müde Augen:
Zehn Minuten Kühlmaske tragen.

Augenränder:
Mit einem speziellen Concealer kaschieren.

Verquollene Augen:
Gurkenscheiben oder gekühlte Schwarztee-Beutel.

Hautunreinheiten:
Mit Abdeckstift und Puder kaschieren.

Trockene Haut:
Mit Feuchtigkeitscreme oder Vaseline pflegen.

Fettige Haut:
Mit einem Kosmetiktuch überschüssiges Fett abtupfen und nachpudern.

Eingerissener Nagel:
Mit speziellem Nagel-Sofortkleber reparieren.

Verschmierter Mascara oder Kajal:
Wattestäbchen mit Augen-Make-up-Entferner oder etwas Wasser entfernt kleine Unglücke.

Spröde Lippen:
Mit Honig kussweich pflegen.

Geplatzte Äderchen:
Mit einem speziellen Concealer kaschieren.

Löcher in der Strumpfhose:
Klarlack stoppt Laufmaschen.

Auffälliger Pickel:
Antibakteriellen Abdeckstift auftragen.

Fettige Haare:
Waschen, Zopf binden oder Trockenshampoo verwenden.

Blasen an den Füßen:
Spezielles Blasenpflaster aufkleben und erst lösen, wenn die Blase darunter verheilt ist. Entsprechende Gelpflaster im Schuh beugen Blasen vor.

beauty, ich hoffe, du hast alles gefunden, was du für einen tollen look brauchst, der deine individuelle schönheit unterstützt. probiere einfach aus, bis du deinen persönlichen stil - oder mehrere - gefunden hast. am wichtigsten dabei:

sei und bleib du selbst!

noch viel mehr gibt es unter www.essence.eu - oder schreib mir einfach eine mail an cosma@essence.eu. mein team und ich freuen uns auf dich!

deine
Cosma

Bild-, Quellennachweis

cosnova GmbH: Moodboards und Grafiken Cosma

Fotolia 55994697: S. 18-22
Fotolia 50805677: S. 96-103
Fotolia 45632906: S. 19, 91, 104-109, Grafiken Sterne
Fotolia 38440419: Grafiken Sprechblasen
©blue67 – Fotolia.com

Fotolia 28828149: S. 84-89
© Simone Andress - Fotolia.com

iStock 16052115: S. 90-95
©cipella – istockphoto.com

iStock 11818374: S. 90-95
©ndejan – istockphoto.com

S. 58/59: Bildrechte bei Martha Pawlas
S. 64/65: Bildrechte bei Malgorzata Kusak
S. 70/71: Bildrechte bei Anna Niemann
S. 76/77: Bildrechte bei Michaela Engelshowe
S. 82/83: Bildrechte bei Nanda Weskott
S. 88/89: Bildrechte bei Palmira Ruben
S. 94/95: Bildrechte bei Anne Springer
S. 100-103: Bildrechte bei Sabine Burger
S. 108/109: Bildrechte bei Tamara Schmitt
S. 114/115: Bildrechte bei Stefanie Stachowiak